Love is......
사랑에 관한 101가지 정의

Love is,……
사랑에 관한 101가지 정의

박현주 지음

SBS FM 〈정지영의 스위트 뮤직박스〉의 인기코너
달콤쌉싸름한 사랑에 관한 모든 정의!

책만드는집

'사랑이란 무엇일까요?'

이 질문에 서슴없이 대답할 수 있는 사람이 몇 명이나 될까?

아마 누구든 잠시 머뭇거림으로 1~2분 포즈(Pause)를 줬다가,

조심스럽게 입을 열 것이다.

사랑을 해본 사람은 해본 대로 자신의 사랑에 빗대어 얘기를 할 것이고,

사랑을 안 해본 사람은 안 해본 대로, 드라마나 영화를 통해 봤거나,

옆에서 간접 경험을 통해 본 것을 토대로 아는 척하며

'사랑이란 말이야~' 하고 일장 연설을 할지도 모른다.

하지만 확실히 사랑의 유경험자와 무경험자가 말하는 사랑의 정의는,

그 색깔부터가 다르다.

나만 봐도 그렇다.

처음 〈사랑에 관한 101가지 정의〉를 쓰기 시작할 땐

막연히 예쁜 사랑, 이별까지도 아름다운 동화 같은

러브 스토리를 쓰려고 했다.

그런데 어느 시점부터 달콤 상자의 스텝과 출판사에서

하나같이 "요즘 원고가 점점 좋아지는 것 같아요. 더 사실적이고

공감이 가는 거 있죠?" 하고 얘기를 해주는데, 정말 깜짝 놀랐다.

그때 난 짧게 스쳐간 짝사랑을 경험하고 난 후였다.

아무도 모르게 시작했다가 들키지 않고 끝난 완벽했던 짝사랑에

뿌듯한 성공을 외치고 있었는데, 〈사랑에 관한 101가지 정의〉 원고에

이미 내 사랑은 녹아나고 있었던 것이다.

순간 발가벗겨진 듯한 느낌에, 혼자 얼굴이 발그레해졌었던 걸

사람들은 알았을까?

〈사랑에 관한 101가지 정의〉는

누구나 공감할 수 있는 사랑 이야기이고,

누구나 한번쯤 해봤을 법한 사랑 이야기이다.

예쁘고 순수한 첫사랑의 떨림, 혼자 몰래 훔쳐보며 애태우는 짝사랑의 안타까움,

이 세상 무엇과도 바꾸지 않겠다고 다짐했던 사랑에 대한 믿음과 용기,

영원할 거라고 믿었지만 끝내 식어버린 사랑에 대한 배신감,

슬프고도 아픈 이별 이야기 등등,

사랑이라는 이름으로 빚어질 수 있는 모든 다양한 사랑의 모습들이 그대로 담겨 있다.

뜬구름 잡는 동화 속 러브 스토리가 아닌, 당신이 경험하고

내 친구가 겪은 우리들의 사랑과 이별에 관한 이야기……

〈사랑에 관한 101가지 정의〉는 바로 그런 책이다.

이 책에선, 아낌없이 주는 것만이 사랑이라고 말하지는 않는다.

아름다운 것만이 사랑이라고 정의 내리지도 않는다.

때로 질투도 하고 때로 거짓말도 하고 서로에게 상처도 주면서 후회하고

그 안에서 진짜 사랑을 깨닫는 우리들의 모습을 보여주고 있다.

나는 바란다. 이 책을 읽으며, '그래, 나도 이런 때가 있었지……' 하며

무릎 세 번 치고 고개 몇 번 끄덕거리며

당신의 사랑에 대해 다시 한번 생각해 볼 수 있기를……

그래서 생애 마지막, 진정한 당신만의 연인을 만나

그 사람 품에 안겨 잠들 수 있기를……

마지막으로, 이 책이 나올 수 있도록

옆에서 끊임없는 격려와 응원을 아끼지 않은 우리 달콤 스텝들-

정지영 DJ, 이선아 PD, 막둥이 진선 작가와,

변변치 않은 원고를 빛나는 연기로 승화시켜 준,

1대 달콤맨 테이 씨, 2대 달콤맨 김형중 씨, 그리고 추천글 부탁에

흔쾌히 응해 주고 멋진 글 써준 최화정 씨에게 감사의 마음을 전한다.

2004년 겨울 박현주

#1 Love is, ……
우산을 받쳐주는 것이 아니라 함께 비를 맞는 것

차례

#2 Love is,……
그녀가 아프면 나도 아픕니다

#3 Love is, ……
이런 마음도 사랑일까요?

#4 Love is, ……
처음엔 그냥 좋은 친구 사이였습니다

#1 Love is, ⋯⋯
우산을 받쳐주는 것이
아니ㅌ

#1 *Love is,* ......

함께 비를 맞는 것

함께 비를 맞아주는 것

비가 오는 날이면 생각나는 사람이 있습니다.

우산을 잘 잃어버리고 다녀서 언제나 옆에서 챙겨줘야 했던 그녀.

어떤 날은 우산 들고 나오는 게 귀찮다고, 그냥 비를 맞고 온 그녀를

강의실 앞에서 수업이 끝날 때까지 기다렸다가

그녀가 아르바이트하는 커피숍까지 데려다준 적이 있습니다.

그런데 그녀가 갑자기 커피숍에 들어가려다 말고

저를 보고 놀라더군요.

같이 우산 쓰고 왔는데 왜 혼자만 이렇게 젖어 있냐고.

그러면서 저의 젖은 어깨를 툭툭 털어주며

손수건으로 닦아주는데,

미안해 어쩔 줄 몰라하는 그녀가, 정말 예뻐 보였습니다.

잘 가라며 들어가는 그녀의 뒷모습을 보고 있다가

카운터에 그녀 몰래, 메모 한 장과 우산을 두고 갔습니다.

"집에 갈 때 쓰고 가. 너 감기 들면 오래 가잖아."

비가 오는 날이면 어디선가 또 비를 맞고 있을 그녀가 생각나

저도 비를 맞으며 걷곤 합니다.

사랑이란,

그 사람이 비를 맞을 때,
우산을 받쳐주는 게 아니라
함께 비를 맞아주는 거니까요.

#2 Love is,……

그녀가 실컷 울 수 있도록

그녀가 다 잊은 줄 알았습니다.

지난 사랑은 깨끗이 잊고, 이제 완전히 내 사람이 된 줄 알았습니다.

그런데 오늘……, 아직도 그녀는

그 사람을 완전히 떠나보내지 못하고 있었다는 걸 알아버렸습니다.

저한테 먼저 뭘 하고 싶다고 말하는 그녀가 아닌데,

오늘따라 드라이브를 하고 싶다고 먼저 전화를 했더군요.

그래서 아무리 바쁜 일이라도 일단 제쳐두고 그녀에게 갔죠.

그런데 차를 타고 가는 내내 한 마디도 안 하고, 창밖만 물끄러미 바라보며,

슬픔이 가득한 눈빛을 하고 있는데,

내가 그녀에게 해줄 수 있는 게 고작 기사 노릇인가 하는 생각에

미안하면서도, 한편으로는 섭섭했습니다.

한동안 입을 굳게 다물고 있던 그녀, 사실은 오늘이

예전에 헤어진 그 사람의 결혼식이 있는 날이라고 합니다.

그러더니 갑자기 펑펑 울어버리는 그녀.

"나 신경 쓰지 말고 실컷 울어. 그렇게 해서 네 속이 시원해진다면……."

그리고는 그녀가 울음소리가 신경 쓰여서 혹시라도 애써 눈물을 참을까 봐

음악 소리를 크게 키웠습니다.

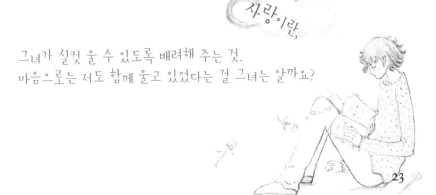

사랑이란,

그녀가 실컷 울 수 있도록 배려해 주는 것.
마음으로는 저도 함께 울고 있었다는 걸 그녀는 알까요?

23

혹시나 하는 기대감으로

지금 그녀를 만나봐야 그녀 입에서 나올 말이라곤

그만 헤어지자는 말밖에 없을 것 같아서 비겁하지만,

그녀와의 만남을 피하기만 했습니다.

며칠 전엔 집 앞까지 찾아와 잠깐이면 된다고 얼굴 좀 보자는데

정말 올 게 온 건가 무섭기까지 하더군요.

그래서 전 그날도 그녀를 만나지 않았습니다.

"나, 지금 너무 피곤하거든. 그냥 가라. 다음에 얘기하자. 미안해……."

그녀는 마지막까지 이렇게 흐리멍덩한 제가 정말 싫다고,

이젠 진짜 끝이라며 전화를 끊어버리더군요.

어떻게든 그녀와의 이별을 피하고 싶었던 건데,

전 결국, 그녀에게 헤어질 이유를 또 한 가지 만들어주고 만 거죠.

그런데 다음날, 점심을 먹고 들어와 차나 한잔하려는데,

휴대폰에 메시지가 하나 왔습니다.

"귀하의 커플 요금제가 해지되었음을 알려드립니다.

다음 달 요금에 착오 없으시기 바랍니다."

잠시 세상이 멈춘 듯, 진공 상태가 되어버린 내 머릿속.

그녀와의 마지막 연결 고리가 끊어져버린 순간,

아무 생각 없이 그저 멍하니 창밖만 바라봤습니다.

다 끝나버렸다는 걸 알면서도
혹시나 하고 기대하는 것.
그러다가 결국 싸늘한
사랑의 뒷모습에
또 한번 울어버렸습니다.

사랑이란,

언젠가 돌아올 거라고

사랑하지만 보내줘야만 했습니다.

불확실한 제 미래를 담보로 그녀를 무작정 기다리게 한다는 건,

남자로서 너무 무책임하다는 생각이 들었거든요.

그런데 그녀는 그렇게 보내는 게 더 무책임한 거라고 하더군요.

차라리 다른 여자가 생겼다고 하면 더 홀가분하게 떠나겠다고,

차라리 자기가 싫어졌다고 하면 미련 없이 돌아서주겠다고.

하지만 미래 때문이라면 자기는 더더욱 못 떠나겠다고 하는 거예요.

"제발 이러지 마……. 나도 너 쉽게 보내는 거 아니야.

내가 보내 줄 때 가라. 지금이 날 떠날 수 있는 기회야."

그리고는 그녀를 혼자 남겨둔 채 뒤도 안 돌아보고 무작정 걸었습니다.

잠시 후 정신을 차려보니, 어느 낯선 동네에 와 있더군요.

그렇게 일방적으로 그녀에게 이별을 통보한 이후로

그녀는 매일 저에게 편지를 보냅니다.

아침에 몇 시에 일어나 뭘 먹고, 누굴 만나고, 어떤 일을 했는지,

매일 한 통씩 일기를 쓰듯 편지를 보내죠.

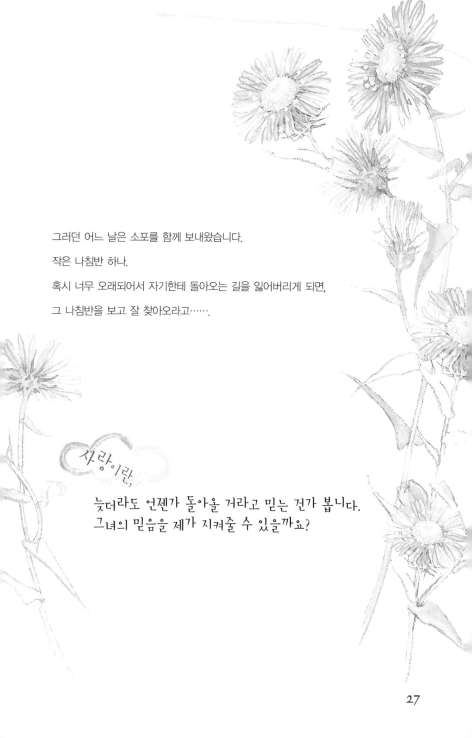

그러던 어느 날은 소포를 함께 보내왔습니다.

작은 나침반 하나.

혹시 너무 오래되어서 자기한테 돌아오는 길을 잃어버리게 되면,

그 나침반을 보고 잘 찾아오라고⋯⋯.

사랑이란,

늦더라도 언젠가 돌아올 거라고 믿는 건가 봅니다.
그녀의 믿음을 제가 지켜줄 수 있을까요?

가슴으로 우는 것

줄을 서서 표를 사는데, 앞에서 다정하게 서 있던 연인들을 보며
그녀가 생각났습니다.
남자가 겉옷으로 여자 친구를 뒤에서 덮어주며, 꼬옥 안아주고 있는 커플.
그녀도 내가 뒤에서 안아주는 걸 좋아했었는데.
그녀의 향기를 기억해 내며 쓸쓸히 영화를 보고, 이번엔 혼자 술을 마셨습니다.
우리가 자주 가던 그녀의 집 근처 포장마차에서 소주를 마시고,
그녀의 집 앞 놀이터에서 혹시나 그녀와 마주치진 않을까 내심 기대하며
무작정 밤을 지새웠죠.
가로등이 없는 골목길을 무서워하는 그녀를 늘 집 앞까지 데려다주곤 했었는데.
그래서 내가 못 오는 날이면, 백 미터 달리기를 하듯
뛰어서 집으로 들어간다던 그녀였는데.
혹시 오늘밤도 그녀가 혼자 집에 가는 길이 무서웠다고 투정부리며
전화를 할 것 같아,
휴대폰을 손에 꼭 쥐고 뜬눈으로 밤을 지새웁니다.
그리고 기도를 합니다.
언제든 한번만 나를 돌아봐 달라고.
제발 한번만…….

사랑이란,

둘이 하던 일들을 혼자 하며 가슴으로 우는 것.
하지만 언젠가 그녀가 돌아오는 날,
우리가 떨어져 있던 순간이 낯설음이 되지 않도록
혼자 울더라도 이 마음 그대로 변치 않겠습니다.

#6 Love is,……

그녀 생각뿐

아침에 눈을 뜨는 순간부터 밤에 잠들기 전까지 하루 종일 그녀 생각뿐입니다.

밥을 먹을 때도, 그녀가 좋아하는 김치찌개가 나오면

그녀가 맛있게 먹던 모습이 생각나고,

차를 마실 때도 커피를 안 마시던 내가,

자연스럽게 그녀가 좋아하는 블랙커피부터 시키고,

길을 걸을 때도 돌부리에 잘 걸려 넘어져

늘 내 팔을 꼭 붙잡고 걷던 그녀가 생각 나

나도 모르게 발로 돌을 고르고,

TV 드라마에서 슬픈 장면이 나오면

그녀도 지금 저 장면을 보며 울고 있지는 않을까 생각하고,

일기예보를 보다가 감기 주의보라는 말만 나와도

유난히 몸이 약한 그녀가 걱정돼 잠도 못 자는 나.

좋은 건 좋아서 함께하고 싶고,

힘들 땐 버거워서 위로받고 싶고,

아플 땐 외로워서 의지하고 싶고……

아무래도 저, 사랑에 빠졌나 봅니다.

사랑이란, 무슨 일을 하든 그 사람을 먼저 떠올리는 것.
그게 바로 사랑이니까요.

내겐 너무 사랑스러운 그녀

꼭두새벽부터 전화벨이 울리고, 문자가 오고, 핸드폰에 불이 났습니다.

저에게 보여주고 싶은 게 있다며 빨리 나오라는 그녀의 전화.

솔직히 귀찮았지만 한번 토라지면 열흘은 가는 그녀의 성격 때문에

한달음에 달려나갔습니다.

그런데 그녀, 보여주고 싶은 게 있다더니 빈손으로 나타났습니다.

"뭐야? 뭐 보여준다며? 아침부터 깨우고 난리더니!"

방금까지 활짝 웃던 그녀가 갑자기 표정이 굳어버리더니,

자기를 더 이상 사랑하지 않는 게 확실하다며 고개를 떨굽니다.

순간, '아차!' 하는 생각이 들었습니다.

그녀의 머리스타일이 바뀌었다는 걸, 머리카락을 손가락으로 돌돌 말며

뾰로통 입술을 내미는 그녀의 모습을 보다가 눈치를 챈 거죠.

평소 전지현을 좋아한다는 제 말에 반곱슬 머리를

몇 시간 동안 펴서 긴 생머리로 나타난 그녀,

그런 그녀가 너무 사랑스러워서 꼬옥 안아줬습니다.

×××××××××××××××××××××× 사랑이란, ××××

그 사람이 좋아하는 걸 해주는 것.

오늘은 그녀에게 사랑에 대해 한 수 배운 날이었습니다.

사랑엔 자격이 없어

내 친구를 사랑했던 그녀, 내 친구가 군대에 있는 동안에도

헌신적으로 사랑하고 기다렸던 그녀.

하지만 결국 제대한 내 친구에게 차인 그녀.

그리고 그 모든 걸 옆에서 지켜본 나…….

그녀가 친구를 선택하는 그 순간부터 그저 친구의 애인으로만

그녀를 보기로 혼자 다짐했었지만,

친구와의 이별을 겪으며 힘들어하는 그녀를 그냥 보고 있기엔

그녀가 너무 안쓰러워서 도저히 그냥 볼 수가 없었습니다.

그래서 말했죠.

"힘들면 나한테 기대도 돼. 그냥 마음 가는 대로 해도

아무도 너한테 뭐라고 할 사람 없어. 누가 손가락질하면

내가 다 받을 테니까. 넌 그냥 기대기만 하면 돼."

그랬더니 그녀, 예전부터 제 마음을 다 알고 있었지만 모른 체했다고

그런데 이제 와서 저한테 기댈 순 없다고,

자긴 그럴 자격이 없다고 하더군요.

그래서 다시 말했죠.

"사랑엔 조건이 없는 것처럼 자격도 없는 거야.

있다면 내가 널 사랑하는 게, 그게 네 자격이야."

사랑이란,

자격증이 필요하지 않은 것.
내가 그녀를 사랑하고,
그녀가 나를 조금씩 받아들이고
있다는 것만으로
우리가 사랑하기엔 충분한 거 아
닌가요?

#9 Love is,······

착각이었다는 걸

그녀가 입버릇처럼 말했었습니다.

이 다음에 남자 친구가 생긴다면 꼭 저 같은 남자를 만났으면 좋겠다고.

자상하게 챙겨주고, 여자를 배려할 줄 알고,

가끔은 썰렁한 유머로 웃겨도 주고,

맛있는 데 많이 알아서 데이트할 때마다 데리고 갈 테니 얼마나 좋겠냐고.

그런데 그녀는 모르고 있었죠.

그녀니까 제가 해주고 있다는 걸.

많은 사람들 속에 그녀가 있어서,

제가 선뜻 나서서 모든 걸 챙겨주고 배려했다는 걸.

그런데 저도 모르는 게 하나 있었던 것 같습니다.

그녀가 말한 건, 그냥 칭찬이었을 뿐

설마 저한테 마음이 있어서 그런 게 아닐까······ 생각한 건,

저만의 착각이었다는 걸.

사랑이란,

의미 없는 농담에 혼자
흔들렸다가, 혼자 상처받는 것.
왜 그랬을까 후회해 봐야
이미 쓰라린 아픔만 남아 있습

오늘 그녀가 청첩장을 불쑥 내밀며 결혼식에 꼭 와달라고 하는데

그동안 혼자 착각하고 있었던 게 창피하고 부끄럽고 자존심이 상했습니다.

"어쩐지……, 지영 씨 같은 사람이 왜 애인이 없나 했죠.

축하해요. 지영 씨보다 아름다운 신부는 없을 거예요."

사랑이 끝나도…

그녀와 만날 때 딱 한 번 가본 카페인데
잊혀지지 않는 곳이 있었습니다.
운치 있는 통나무 인테리어에 신청곡을 받아 노래를 불러주는
라이브 가수가 있고, 밖에는 모닥불을 피워둔 주위로 연인들끼리
무릎에 담요를 덮고 따뜻한 차를 마실 수 있는 곳.
언젠가 나중에 꼭 한번 다시 오자고 약속했었는데
결국 그게 마지막이 되고, 그 이후로 한번도 가지 못했습니다.
어두운 밤길에 찾아간 곳이라
나중에 다시 가려니까, 정확히 못 찾아가겠더라구요.
그리고 우린, 그렇게 가고 싶던 곳을 다시 가보지도 못하고
결국 헤어지고 말았거든요…….
그런데 오늘……, 친구들과 우연히 드라이브를 하다가
한 녀석이 좋은 곳이 있다며 우릴 데리고 갔는데
글쎄 그렇게 찾아가려고 해도 못 갔던 그곳, 그녀와 함께 갔던
바로 그 카페였습니다.

전 너무나 반갑고 기쁜 나머지, 하마터면 그녀에게 전화를 걸 뻔했죠.

드디어 찾았다고, 네가 꼭 한번 다시 가보고 싶다던

그 카페에 내가 지금 와 있다고……

하지만 그 외침은 입 속에서만 메아리칠 뿐입니다.

우린 이미 이별한 사이니까요.

사랑이란,

끝난 사이라도 추억이 있는 곳에 가면
미칠 듯이 보고 싶어지는 것.
무덤덤하기엔 아직 제 사랑이 너무 아픕니다.

따뜻한 한 마디

한 여자가 있었습니다.

그녀는 착하고 예뻤죠.

남들을 배려하는 게 특기이고, 다른 사람 챙겨주는 게 취미인 그녀는

정말 천사 같은 여자였습니다.

그래서 그녀를 사랑하게 됐고 그때부터 지금까지 쭉 아무 말도 못하고

혼자서 짝사랑을 하고 있습니다.

그런데 그녀를 사랑하게 된 이유가 그녀를 미워하게 되는 이유가 될 줄은 몰랐습니다.

타인을 배려하는 예쁜 마음이 좋아서 사랑했는데,

그건 그 타인이 저였기 때문에 그게 사랑스러웠던 거였습니다.

이제 모든 이의 천사가 되어버린 그녀는,

더 이상 저만의 그녀가 아닙니다.

그래서 많이 힘이 듭니다.

그런데 오늘 그녀는 또 저의 마음을 흔들어놓더군요.

감기 때문에 콜록대는 저에게 다가와 보온병에 따뜻한 보리차를 담아왔다며

조금씩 마시라고 건네주는 그녀.

이러는데 제가 어떻게 미련을 버리냐구요.

"아니, 뭐 이런 걸 다~, 고맙습니다. 덕분에 감기 뚝 떨어지겠는데요."

사랑이란,

잊으려고 노력해도 따뜻한 한 마디 때문에
미련을 쉽게 버리지 못하는 것.
걱정해 주던 그녀의 한 마디가 자꾸 귓가에 맴돕니다.
"따뜻한 거 많이 드세요."

아직은…, 아직은 아닌가 봅니다

그녀를 잊은 줄 알았습니다.

그래서 다른 여자도 만날 수 있을 거라고 생각했죠.

그런데 그녀를 지웠다고 생각한 건, 저만의 착각이었나 봅니다.

다른 여자를 앞에 두고, 전 또 그녀를 생각하고 있으니까요.

"저……, 차는 뭘로 드시겠어요? 딸기쉐이크 같은 거 좋아하시나요?"

그랬더니 앞에 앉은 그녀, 그런 건 유치해서 안 먹는다고 하더군요.

옛날 그녀는 유난히 딸기쉐이크만 좋아했었는데.

"저……, 취미는 뭐예요? 드라마 좋아하세요?

여자들은 좋아하는 드라마는 녹화까지 해서 보고 또 보던데?"

그랬더니 맞선녀, 드라마 같은 건 시시해서 안 본다고 합니다.

옛날 그녀는 드라마 볼 때 전화하면 화내며 끊어버릴 정도로

드라마에 푹 빠져서 살곤 했었는데.

그리고 맞선녀는 술을 좋아하는 남자도 싫다고 합니다.

옛날 그녀는 술도 마실 줄 모르는 남자는 매력 없다고 했었는데.

저, 아무래도 아직 그녀를 잊지 못한 것 같습니다.

다른 여자와 어떤 얘기를 하든,

하나부터 열까지 옛날 그녀와 자꾸 비교하게 되고

뭐든 그녀가 더 좋으니까요.

아직은……, 아직은 아닌가 봅니다.

사랑이란,

다 잊었다고 생각했는데 어느 순간 불쑥 또다시
그리워지는 것. 미련인 줄 알았더니 보고픔이었습니다.

그녀는 모릅니다

나는 알고 있습니다.

그녀는 깔끔한 정장 차림에 차가워보이는 남자보다

부드러운 니트가 잘 어울리는 남자를 좋아한다는 걸.

나는 알고 있습니다.

그녀는 고급 와인을 즐겨 마시는 남자보다

삼겹살에 소주를 즐겨 먹는 남자를 좋아한다는 걸.

나는 알고 있습니다.

그녀는 무시무시한 공포 영화보다

로맨틱 코미디를 함께 봐줄 남자를 찾고 있다는 걸.

나는 알고 있습니다.

그녀는 사랑 표현에 서툰 무뚝뚝한 남자보다

가끔은 애교도 떨 줄 아는, 다정한 남자를 찾고 있다는 걸.

그러나 그녀는 모릅니다.

그녀가 원하는 남자가 되어

내가 조금씩 그녀에게 다가가고 있다는 걸.

그녀는 모릅니다.

그래서 난 오늘도 그녀를 기다립니다.

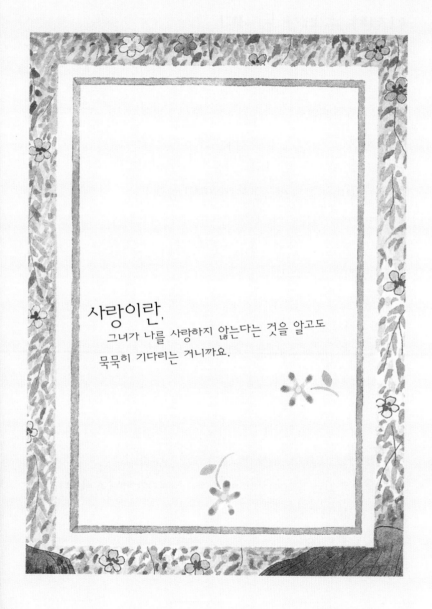

사랑이란,
그녀가 나를 사랑하지 않는다는 것을 알고도
묵묵히 기다리는 거니까요.

이제야 후회가 됩니다

그녀가 며칠째 아파서 누워 있다는 소식을 들었습니다.

뭐든 해주고 싶지만 이미 남남이 되어버린 우리 사이에

제가 나서는 것도 오버인 것 같고 마음만 답답하더군요.

그래서 그녀와 가장 절친한 친구에게 전화를 했습니다.

"저……, 지영이가 많이 아프다면서? 어느 정도야?"

그랬더니 그 친구, 지금 지영이가 누구 때문에 아픈 건지 몰라서 그러냐고,

걱정되면 직접 전화해 보라고 합니다.

아무래도 제가 그녀를 너무 아프게 했나 봅니다.

그녀를 편하게 해주려고 그런 거였는데.

그녀가 날 떠나면 행복해질 줄 알았는데.

제가 잘못 생각했던 걸까요?

헤어지던 날이 생각납니다.

"널 사랑하니까 보내주는 거야. 내 곁에 있어봐야 좋은 꼴 못 보니까

그 사람한테 가. 그게 널 위해서도 좋아."

제 말을 듣고 있던 그녀, 사랑한다면 끝까지 지켜줘야 하는 거 아니냐고,

저보고 비겁하다고 했었죠.

그때 그 비겁하다던 말이 자꾸 제 머릿속을 울립니다.

어쩌면 그게 사실 같아서.

아니, 마음을 들켜버린 것 같아서.

나보다 훨씬 좋은 조건의 남자가 그녀 앞에 나타났을 때,

뒷걸음치며 물러나 버린 비겁한 놈.

그리고 이제와 후회하는 못난 놈.

사랑이란,

사랑하는 사람을 끝까지 지켜주는 거라던 그녀…….

그녀가 보고 싶습니다.

#15 Love is,⋯⋯
한 사람뿐이었다고

벌써 1년이나 지났습니다.

친구의 동생이었던 그녀는 대학생이 된 후, 저에게 고백을 했었죠.

하지만 전 그녀의 사랑을 받아들일 수 없었습니다.

아직 어린 그녀가 대학 생활을 하다 보면 저한테 느꼈던 감정은

풋사랑에 불과하다는 걸 알게 될 거라고 생각했거든요.

그런데 어제 정말 딱 1년 만에 전화가 왔습니다.

저한테 딱지 맞은 지 1년 되는 날이라며, 기념일 안 챙겨주냐고.

솔직히 아무렇지 않은 듯 전화하는 그녀에게 조금 섭섭하기도 했지만

거절했던 건 저였으니까 서운해하는 것도 우스운 거겠죠?

어쨌든 저는 지금 그녀를 기다리고 있습니다.

이제 저 문을 열고 그녀가 들어오겠죠? 그런데 이상하네요.

왜 자꾸 가슴이 떨리는 걸까요? 어? 누군가 다가옵니다.

그리고 인사를 하며 제 앞에 앉는데 그녀가 맞는 것 같습니다.

"어? 야, 너~? 정말 딴 사람인 줄 알았어.

남자 친구는 생겼어? 이렇게 예쁜데 남자가 줄을 서겠지."

그런데 그녀, 다른 남자는 다 필요없다고 1년 동안 제 말대로

많은 남자를 만나봤지만 이미 마음속엔 한 사람뿐이었다고……

다시 자기 마음을 받아주겠냐고 합니다.

사랑이란,
변치 않은 마음으로 나를 감동시키는 것.
오늘 그녀의 사랑이 저의 마음을 움직였습니다.

열병처럼 다가온

이제 조금씩 그녀를 잊을 수 있을 것 같습니다.

그녀와 자주 갔던 곳에 혼자 가도 아무렇지 않은 걸 보면,

그녀가 줬던 선물을 봐도 예전처럼 뭉클해지지 않는 걸 보면 말입니다.

이제 정말 그녀를 잊어가고 있나 봅니다.

그녀를 생각하는 횟수가 줄어들고

문득 떠올린 그녀의 핸드폰 번호 뒷자리가 가물거리고

슬픈 멜로 영화보다는 로맨틱 코미디가 더 좋아지는 걸 보면 말이죠.

그런데 오늘, 오랜만에 책상 정리를 하다가

그녀에게 청혼할 때 주려고 썼지만

결국 제 책상 속에 남겨진 일기장을 발견했습니다.

무심코 읽어 내려가다가 우리가 만나서 했던 일,

어떤 얘기를 나누고 어떤 약속을 했는지

예전 일이 떠올라, 그만 잘 참고 있던 저는 무너지고 말았습니다.

'다 잊은 줄 알았는데. 아직도 넌 내 안에 있구나.'

아무래도 그녀를 떠나보내기엔

아직도 제가 그녀를 너무 사랑하는 것 같습니다.

사랑이란,

열병처럼 온다더니 잊는 데에도

꼭 그만큼의 열병을 치러야 하는가 봅니다.

#17 Love is,……

그녀의 뒷모습

태어나서 처음으로 사랑했던 그녀.

그래서 모든 걸 다 아낌없이 해주고 싶었던 그녀.

우리는 같은 과 캠퍼스 커플로 만나 사랑을 시작했습니다.

그런데 어느 날, 날벼락 같은 말을 내뱉는 그녀.

다른 남자에게 고백을 받았다며 어떡하면 좋겠냐고 저에게 묻더군요.

"그러게 내가 너 조금만 예뻐지라고 했지?

아, 이거~ 꽃이 예쁘니까 벌들이 많이 꼬이네~"

난 웃으라고 한 말인데 그녀는 땅만 보고 걷습니다.

그제야 상황 파악이 된 저는 다시 말했죠.

"나랑 사귄다고 말했는데도 그래도 좋대?

넌 어떤데? 네 마음이 중요하지……"

그런데 그녀, 미안하다며 자기도 그 사람이 좋다고.

도저히 저한테는 친구 이상의 감정이 생기지 않는다고 합니다.

이미 그녀의 마음을 알고 시작한 사랑이었지만,

그래도 직접 그녀의 입을 통해 다시 한번 확인하니 정말 가슴이 아프더군요.

결국 그녀는 떠나고, 저는 혼자 남았습니다.

사랑이란,
떠나는 그녀의 뒷모습을 보면서도 원망하지 않는 것.
이미 헤어질 것을 알고도 시작했던 사랑이니까요.

너의 뒤에서

늘 그녀의 뒤에서만 당당합니다.

앞에서는 아무 말도 못하고 일부러 피해 다니기 일쑤죠.

혹시 그녀가 제 마음을 알면, 지금의 편한 사이마저 깨져버릴까 봐

속마음은 절대 일급 비밀, 보완 철저한 잠금 장치로

두 번 세 번 잠가두고, 아침마다 집을 나섭니다.

하지만 어느 노래 가사처럼 그녀 앞에만 서면 한없이 작아지는 저이기에

웬만하면 그녀와 부딪치지 않으려고 애씁니다.

그런데 눈치 빠른 그녀, 오늘은 저에게 묻더군요.

요즘 이상하게 자기를 피하는 것 같다고.

하지만 그러는 그녀에게, "그래요! 당신이 좋은데 내가 못나서 그래요! 됐어요?"

그럴 수도 없고, 아니면 "어허, 저만 쭉 지켜보셨나 보죠? 왜요?

제가 피하니까 섭섭해요? 저한테 마음 있으신가 봐요?"

이렇게 물어볼 수도 없고. 답답하다, 답답해!

어쨌든 그녀에게, '그런 게 아니라고, 그냥 일이 바빠서

옆으로 누가 지나가는지도 모를 정도' 라고 일 핑계만 댔지만

한쪽 가슴이 싸한 게, 제 마음엔 벌써 겨울바람이 부는 것 같습니다.

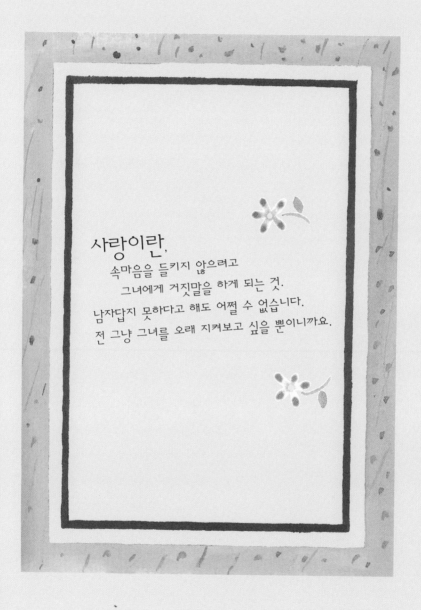

사랑이란,

　　속마음을 들키지 않으려고
　　　그녀에게 거짓말을 하게 되는 것.
　　남자답지 못하다고 해도 어쩔 수 없습니다.
　　전 그냥 그녀를 오래 지켜보고 싶을 뿐이니까요.

#19 Love is,……

그녀의 미소

그녀가 보고 싶습니다.

하지만 먼저 헤어지자고 했던 건 저였기에

염치가 없어서 전화도 못하겠습니다.

그녀가 많이 그립습니다.

하지만 이제 그녀가 싫다고 뿌리쳤던 건 저였기에

미안해서 도저히 연락을 할 수가 없습니다.

그런데 오늘, 우연히 먼발치에서 그녀를 봤습니다.

우린 교회에서 함께 신앙 생활을 하며 만났는데

헤어진 후 제가 교회를 옮겨서 그녀를 오랫동안 보지 못했죠.

혹시 이별 후에 자꾸 마주치다 보면 그녀를 더 힘들게 할 것 같아서

나름대로 그녀를 배려한 저의 행동이었습니다.

그런데 그녀를 못 본 지 몇 달이 되어가는 지금,

제가 힘들어서 견딜 수가 없더군요.

그래서 오늘은 예전에 다니던 교회에 가봤습니다.

늘 같은 자리에 앉는 그녀, 역시 오늘도 그 자리에 앉아 있더군요.

먼발치에서 그녀의 모습을 보며 마음이 놓였습니다.

그녀는 환하게 웃고 있었거든요.

집에 돌아와서도 머릿속을 떠나지 않는 그녀의 얼굴.

발신자 제한 표시를 하고 그녀의 전화번호를 눌렀습니다.

오랜만에 들어보는 목소리.

하지만 아무 말도 하지 못한 채 전화를 끊었습니다.

오늘따라 여운이 길게 남는 신호음……

수화기를 다시 들고 혼자 속삭였죠.

'오늘 너 참 예쁘더라. 다행이야. 이젠 날 잊은 것 같아서.'

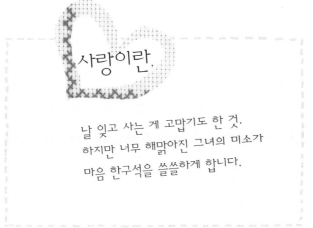

사랑이란,

날 잊고 사는 게 고맙기도 한 것.
하지만 너무 해맑아진 그녀의 미소가
마음 한구석을 쓸쓸하게 합니다.

이제 지쳤다고 합니다

한 달째 연락이 없던 그녀에게서

오늘 드디어 전화가 왔습니다.

힘없는 목소리로 밥은 잘 먹고 지냈냐고 묻는데

왜 그렇게 가슴이 뭉클한지 하마터면 울컥 눈물이 날 뻔했습니다.

하지만 남자 자존심에 힘들고 괴로웠다는 말도 못하고

오히려 아주 잘 지낸 것처럼 말해 버렸습니다.

"벌써 한 달이나 됐나?

정신없이 사느라고 시간이 그렇게 가는 줄도 몰랐다. 넌 잘 지냈어?"

그런데 갑자기 그녀가 울기 시작합니다.

이래서 우린 헤어질 수밖에 없다고.

자기는 이렇게 힘들어서 금방이라도 쓰러질 것 같은데

넌 어쩜 그렇게 아무렇지 않을 수가 있냐고.

저의 무심함에 그녀는 이제 지쳤다고 합니다.

그게 아닌데……, 난 그게 아닌데…….

사랑이란, 그녀에게 좋은 모습만 보이려고 하다가
결국 그녀를 떠나보내고 후회하는 것.
그렇게 어리석은 게……, 사랑인 것 같습니다.

하던 대로 해줘

친구들이 오랜만에 몸 풀러 가자는데 이번에도 뺄 순 없었습니다.

그런데 하필, 우울하다고 전화한 그녀, 전 아픈 척 연기를 했죠.

"콜록콜록~ 훌쩍~ 아…… 어뜩하지? 우리 자기 내가

위로해 줘야 되는데. 나, 너무 아포~ 콜록콜록!!"

그랬더니 그녀, 얼른 집에 가서 쉬라며 전화를 끊더군요.

그리고 나서 저는 친구들과 무도회장으로 향했습니다.

그런데 그곳에서 그녀와 만나게 될 줄이야…….

뭐 제가 솔직히 기분 좀 업! 되어서 스피커 위에 살짝 올라가고,

스테이지 정 중앙에서 왕년의 댄스 실력 좀 보여주긴 했지만,

그게 그렇게 사람들의 시선을 끌 거라곤 생각 못했습니다.

뒤통수에 따가운 시선을 느끼며 돌아보니,

내 뒤에 떡 버티고 서서 조용히 손가락으로 날 부르는 그녀.

'아~, 이제 죽었구나~.'

아니 그런데 그녀, 제 이마를 짚어보더니 땀 좀 더 빼면 감기 다

날 거라며 한 스테이지 더 뛰고 오라지 뭡니까. 으~ 폭풍전야!

✕✕✕✕✕✕✕✕✕✕✕✕✕✕✕✕✕✕✕✕✕ 사랑이란 ✕✕✕✕

갑자기 잘해 주면 그게 더 무서운 것.

다시는 거짓말 안 할 테니까 제발 그냥 하던 대로 해줘. 무서워~.

친구라도 될 걸

친구라는 이름으로라도 그녀 옆에 있고 싶었습니다.

우정을 핑계 삼아 그녀에게 도움을 주고 싶었습니다.

다른 남자를 사랑하는 그녀를 곁에서 지켜보면서

마음이 아프고 가슴이 쓰라렸지만

그녀가 힘들어할 때마다, 친구라는 이름으로

그녀에게 제 어깨를 빌려주고 싶었습니다.

그런데 이제 그녀는 제가 부담스럽다고 합니다.

저의 마음을 알아버린 이상, 더 이상은 친구도 힘들 것 같다고 합니다.

이럴까 봐, 사랑한다고 말하면 우정마저 깨져버릴까 봐,

조마조마한 마음, 고백도 못하고 있었는데.

우연히 다른 친구에게서 듣게 된 저의 마음을

그녀는 한순간에 무시해 버리더군요.

하지만 그녀를 원망하지는 않습니다.

지금까지 제가 혼자 키워온 사랑이니까요.

그러니까 앞으로도 그냥 멀리서 그녀를 지켜보며

언제든 그녀가 저의 어깨를 필요로 할 때면 바로 달려갈 겁니다.

사랑이란, 말없이 그 사람의 행복을 빌어주는 거니까요.

깊어가는 마음만큼

시작은……, 단지 그녀를 바라보는 것만으로 좋았습니다.

그리고 얼마 후, 처음으로 그녀가 나에게 말을 걸던 날,

정말 아무것도 아닌 한 마디였는데,

볼펜 하나 빌려달라는 것뿐이었는데,

그 한 마디에도 하루 종일 하늘을 나는 기분이 되었습니다.

'왜 하필 나한테 빌려달라고 했을까?'

혼자 괜히 크게 부풀려 생각하곤 했죠.

그런데 조금씩 욕심이 생기기 시작했습니다.

날 보고 한번 웃어주면 그것만으로 충분했는데,

시간이 갈수록 두 번 웃어주지 않는 게 섭섭하고

세 번 말 걸어주지 않는 게 서운하고.

그렇게 자꾸 혼자만의 욕심을 키워가게 됐습니다.

그녀의 마음도 모른 채.

내일은 또 그녀의 어떤 모습에 혼자 좋았다가, 싫었다가,

웃었다가, 울었다가, 상처받고 힘들어할까요?

××××××××××××××××××××××× 사랑이란, ××××

깊어가는 마음만큼 욕심도 커지는 건가 봅니다.

한번의 웃음으로···

가끔 여자들처럼 꽃잎점을 쳐보고 싶을 때가 있습니다.

'사랑한다, 안 한다, 사랑한다, 안 한다.'

그녀의 마음을 꽃잎 하나에 걸고 두근두근 점 쳐보고 싶을 만큼

애틋한 사랑이 저에게도 찾아온 거죠.

하지만 그녀는 저한테 눈길도 안 줍니다.

김 대리나, 강 대리처럼 똑같은 그저 단순한 직장 동료일 뿐,

특별한 느낌이 든 적은 한번도 없다고, 일언지하에 무 자르듯 잘라버리는데,

그렇게 찬바람이 부는 사람인 줄 몰랐습니다.

하지만 왜 모든 게 다 핑계로만 들리는 걸까요?

'사내 커플이 부담돼서 그런 걸 거야.

김 대리나 강 대리도 자꾸 관심을 보이니까

모든 게 다 짜증나서 저러는 걸 거야······.'

혼자 이 생각 저 생각, 저한테 유리한 쪽으로만 해석하고 분석하고,

또 포기 못하는 핑계만 주입시키고 있습니다.

하지만 이게 언제까지 갈지는 저도 잘 모릅니다.

사랑의 힘이 아무리 위대하다고 한들, 그녀의 무관심과 냉정함에

얼마나 버틸 수 있을지는 솔직히 자신 없거든요.

하지만 몇 달은 꿋꿋하게 희망을 갖고 살 수 있을 것 같습니다.

오늘 그녀가 저한테 정말 환하게~, 밝은 햇살처럼 웃어줬거든요.

사랑이란, 열 번 아프게 해도 한 번의 웃음으로 버틸 수 있는 것.
그녀의 미소로, 제 사랑은 다시 충전 가동! 문제없습니다!!

이렇게 그리워하고 있다는 걸

커피는 아예 입에도 안 대던 저였습니다.

그런데 이젠 저도 모르게 커피를 찾게 됩니다.

그녀가 보고 싶어 괴로울 때면, 가끔 블랙으로도 마시죠.

함께 차를 마시러 가면 따뜻한 우유를 시켜서 커피에 타주며,

연한 카페라떼를 만들어 마셔보라던 그녀.

그날 이후로, 그녀가 타주는 커피에 길들여진 제 입맛은

어떤 커피를 마셔도 맛이 없더군요.

아마도 그땐, 그녀의 사랑이 더 첨가돼서 아무도 흉내 낼 수 없는

그런 맛이 있었던 거겠죠?

하지만 이제 그녀는 제 곁에 없습니다.

그런데 그녀는 알까요?

그녀의 손길에 익숙해진 나, 그녀의 커피맛에 길들여진 내가,

이렇게 자기를 그리워하고 있다는 걸 그녀는 상상이나 하고 있을지.

농담처럼 했던 말이 갑자기 뇌리를 스쳐가며 오싹하게 합니다.

"이렇게 네가 타주는 커피맛에 익숙해져서

만약에 우리가 헤어지면, 커피만 봐도 네 생각나겠다. 야~."

그랬더니 그녀, 우리가 헤어지긴 왜 헤어지냐고

늘 커피맛이 똑같다고 구박이나 하지 말라며 웃었었는데……

농담이라도 헤어진다는 말은

하지 말았어야 했는데, 제 입이 원망스럽습니다.

사랑이란, 농담 같은 일이 현실로 일어나기도 하는 것.
그리고 그 농담처럼 했던 말이 아픈 추억으로 남아 절 힘들게 합니다.

#2 Love is, ……

#2 Love is, ……
그녀가 아프면

나도 아픕니다

늘 불안한 것

안 그래도 불안해하며 컴퓨터 앞에 앉아 있었습니다.

그런데 아니나 다를까, 울먹거리며 전화한 그녀.

버스를 타고 가다가 내릴 곳을 지나쳐서 어딘지도 모르겠다며,

지갑까지 두고 내려서 택시도 못 타고 무서워죽겠다고 떨면서 얘기하는데,

정말 속상했습니다.

"이그~, 그렇게 내가 버스에서 졸지 말랬지?

데리러 간다고 해도 못 오게 하더니, 아주 잘~한다.

근처 어디 이정표도 안 보여? 대충 어디쯤인 것 같은데?"

부랴부랴 지갑만 챙겨들고 택시를 타고 가면서

불안해서 계속 전화 통화를 하며 갔습니다.

평소 길치에 방향치라서, 도대체 어느 동네인지도 모르겠고

무서우니까 이정표니 뭐니 찾지도 못하겠다는 그녀.

"그래, 괜찮아……. 너무 겁내지 말고 조금만 기다려.

금방 도착할 거야. 백까지만 세 봐. 하나, 둘……."

그리고 저는 그녀가 타고 다니는 버스의 노선을 따라서

택시를 타고 갔습니다. 얼마나 갔을까?

그녀의 실루엣이 보이자 저도 모르게 "지영아!" 하고 그녀의 이름을 부르며

택시에서 내려, 그녀를 와락! 안아버렸죠.

"또 이렇게 오빠 속 썩이면 그땐 혼내 줄 거야. 알았지?"

혼자 내버려두면 늘 불안한 것.
다시는 이런 일이 없도록
그녀를 주머니 속에
넣고
다녀야겠어요.
정말!

사랑
이란,

널 만나 행복했었어

아침부터 울려대는 핸드폰.

어떻게든 버텨보려는데 결국 못 참고 일어나 확인했습니다.

"아, 뭐야~. 도대체 누구 생일이라는 건데? 생일인 사람, 오늘 선물 없다!"

친구들, 가족, 주변 사람들 중

오늘이 바로 누군가의 생일이라고 알려주는 알람이었습니다.

그런데 핸드폰을 보고, 잠이 확! 달아나 버렸습니다.

그건 바로, 몇 달 전 헤어진 그녀의 생일을 알리는 소리였거든요.

그녀의 전화번호를 지우지 못하고 있었더니

생일까지 챙겨주는 내 핸드폰.

그녀의 이름과 오늘 날짜가 선명하게 찍혀 있는 걸 보면서

아침부터 제 가슴은 소나기를 만난 듯했습니다.

그녀는 오늘 누구의 축하를 받고, 어떤 선물에 기뻐하며,

어디서 행복한 시간을 보내고 있을까요?

평생 함께 생일을 보내겠다던 다짐이 다 부질없는 약속이 되어버린 지금,

혼자서 케이크에 촛불을 밝히고 그녀의 생일을 축하합니다.

"널 만나 행복했었어. 태어나줘서 고맙다."

사랑이란, 떠난 그녀의 생일을 축하해 주는 것.

그녀를 사랑했던 기억만으로 충분히 감사하니까요.

#28 Love is,……

그녀가 아프면 나도 아픕니다

보는 사람마다 묻습니다.

요즘 왜 그렇게 우울해 보이냐고.

친구들이 그럽니다.

오늘따라 제 얼굴이 슬퍼보인다고.

아무래도 그 이유는 그녀에게 있는 것 같습니다.

잘 웃던 그녀가 요즘 들어 그늘 진 얼굴을 자주 보이고

농담도 잘하던 그녀가 오늘따라 유난히 말수가 적은 걸 보고

그때부터 저도 그녀의 눈치만 보며 기분이 이랬다저랬다 변덕입니다.

그녀와 가까운 친구의 얘기를 들어보니 그녀가 짝사랑하던 그에게

요즘 새로운 여자 친구가 생겼다고 합니다.

그래서 요즘 그렇게 슬픈 얼굴을 하고 다녔나 봅니다.

그런 그녀를 위해 제가 할 수 있는 건,

그녀를 더욱 사랑하는 것밖에 아무것도 할 수가 없네요.

그녀가 아파할 때 같이 아파해 줄 뿐,

그녀가 슬퍼할 때 조용히 슬픔을 나눠가질 뿐…….

✖✖✖✖✖✖✖✖✖✖✖✖✖✖✖✖✖✖✖✖✖✖ 사랑이란, ✖✖✖✖

하나의 심장을 나눠갖는 건가 봅니다.
그녀가 아프면 저도 아프니까요.

69

#29 Love is,……

그녀를 원망하지는 않습니다

친구에게 전화를 걸었더니,

오늘 그녀와 데이트가 있다고 합니다.

친구는 여느 때처럼 같이 만나자고 하지만 전

그녀를 볼 수가 없습니다.

더 이상 친구의 애인이 아닌, 내가 사랑하는 여자로 보이니까요.

친구에겐 다른 약속이 있다고 하고 저는 터벅터벅 집으로 향했죠.

그런데 한참 시간이 지나고, 잠자리에 들려는데 전화가 왔습니다.

친구의 이름이 떴는데 목소리는 그녀였습니다.

녀석이 술에 취해 운전을 할 수가 없다고

대신 나와서 운전을 해줄 수 있겠냐고 묻는 그녀의 말에

저는 기꺼이 나가겠다고 했습니다.

그녀가 저에게 처음 전화를 한 거였거든요.

달려나간 그곳에 술에 취해 쓰러져 있는 친구와

그 녀석을 부축하고 있는 그녀.

안 그래도 가녀린 그녀의 어깨 위에 그 무거운 머리를 기대고 있다니.

전 가자마자 녀석을 한 대 패주려다가 꾹 참았습니다.

그런데 착하디착한 그녀, 차를 타고 가면서 저에게 자꾸 미안하다고 합니다.

연락할 사람이 저밖에 없었다고.

그래서 그랬죠.

"아니예요. 전 이렇게라도 지영 씨를 볼 수 있어서

저 녀석한테 오히려 고마운걸요."

농담처럼 말했지만 이게 저의 진심이란 걸 그녀는 모르겠죠?

하지만 그렇다고 그녀를 원망하지는 않습니다.

때로 그녀에게 기대를 걸어보기도 하지만
원하는 건 아무것도 없는 거니까요.

#30 Love is,……

더 많이 사랑하는 것

군대 제대 후 복학을 했을 때, 눈에 들어오는 후배가 있었습니다.

조금씩 친해지면서 후배가 아닌 여자로 보이기 시작하던 어느 날,

MT를 갔을 때, 술김에 용기를 내서 물어봤습니다.

"저기……, 너 좋아하는 사람 있니?"

그런데 그녀는 당연하다는 듯 고개를 끄덕였고, 혹시 내가 아닐까

묻고 싶었지만, 묻기도 전에 그녀는

나는 아니니까 걱정 말라며 쌀쌀맞게 말하고는 가버렸습니다.

그 다음날부터 계속 그 후배의 얼굴이 생각나고, 저는 무작정

그 후배의 집 앞 골목길에서 그녀를 기다렸습니다.

잠시 후 그녀가 나타나고, 전 다시 말했죠.

"저기……, 네가 좋아하는 사람 따로 있다는 거 아는데 나도 한번

생각해 주면 안 될까? 나, 너 많이 좋아하는 것 같애."

하지만 그녀는 단호하게 안 될 것 같다며 가버리고, 저는 담배 한 대를 물고

천천히 골목길을 돌아 걷고 있을 때였습니다.

뒤에서 날 부르는 그녀의 목소리, 사실은 그녀도 절 좋아하고 있었다고.

내가 자기한테 눈길 한번 주지 않았던 신입생 시절이

억울해서 그동안 저를 애태웠다고 하더군요.

앞으로 그녀를 더욱 사랑해 줄 겁니다.

사랑이란,

더 많이 사랑하는 것으로
모든 게 용서되는 거니까요.

사랑의 바보

이상합니다.

갑자기 심장이 제 말을 듣지를 않습니다.

그녀를 보는데 왜 자꾸 심장이 떨리는지

주책없이 쿵쾅거리는 이 소리가, 혹시 그녀에게 들리진 않을까

가슴이 졸여옵니다.

그런데 도대체 이해가 안 됩니다.

제 마음인데도 알 수가 없거든요.

얼마 전까지만 해도 그냥 친구처럼 편한 동료로

농담도 잘하고 장난도 치곤 했는데 갑자기 왜 이러는 걸까요?

그런데 다행히 그녀는 아직 눈치를 못 챈 것 같습니다.

그도 그럴 것이 평소 제가 그녀에게 하는 행동으로 봐서는

전혀 딴마음을 먹을 순 없다고 생각할 테니까요.

그러니 제가 더 미칠 지경입니다.

그런데 오늘은 그녀가 다가와 이상하다며 말을 걸더군요.

그래서 전 살짝 힌트를 줬죠.

"이상하긴 뭐가 이상해? 요즘 가을 타서 그래.

가을은 남자의 계절이라고 하잖아. 아, 사랑하고 싶다."

하지만 그녀는 제 마음도 모르고 좋은 사람 있나 찾아보겠다고 하더군요.

난 딱, 그녀면 되는데…….

그녀라면 가을 타는 내 마음의 병을 완치시켜 줄 수 있을 텐데.

아무것도 모르는 그녀는 바보입니다.

사랑이란,

혼자 하기엔 너무 버거운 것.
혼자서 힘든 제 사랑을 그녀가 함께 나눠주길 바래봅니다.

영화보다 더 영화 같은

마음은 아팠지만, 그녀를 위한 결정이었습니다.

군대에 있는 동안 기다려달라는 건, 너무 이기적인 것 같았거든요.

이왕 헤어질 거라면 멋있게라도 보이고 싶어서 대사도 준비했습니다.

"나, 생각해 봤는데……, 우리 헤어지는 게 좋을 것 같애.

넌 나 기다리면서 지칠 테고, 난 그런 널 생각하면 부담을 느낄 거고.

우리 서로를 위해 현명하게 생각하자."

하지만 그녀는 그때부터 울기 시작했고 제가 끄떡도 하지 않자,

그녀는 그럼 마음대로 하라며 뒤돌아 가버리더군요.

신호등이 바뀌고, 울며 뛰어가는 그녀.

그녀의 뒷모습이 멀어지는걸 보면서 아차 싶었습니다.

'지영이를 보내고 내가 살 수 있을까? 아니야, 안 돼. 안 돼!'

전 그녀를 쫓아가 뒤에서 와락 껴안아버렸습니다.

"지영아, 가지 마! 내가 잘못했어. 진심이 아니었어. 미안해."

어느새 신호등은 바뀌고, 차가 양쪽으로 쌩쌩 달리는 도로 한복판 중앙선에서

우린 서로를 안고 있었습니다.

영화 속 한 장면 같은 사랑을 하고 싶다던 그녀의 평소 바람이

현실로 이루어진 순간이었죠.

사랑이란

때로는 영화보다 더 영화 같은 것.
     하지만 슬픈 영화는 네버!
   절대 엑스! 다시는 찍지 않겠습니다.

잠깐 볼래?

그냥 친구처럼 편하게 지내온 그녀. 하지만 그녀는 모를 겁니다.

그녀를 볼 때마다 떨리는 가슴을 진정시켜야 한다는 걸.

그녀의 손끝이 제 몸에 살짝만 닿아도 온몸에 전기가 느껴진다는 걸.

이러다간 숨이 막혀 죽을 것 같아서 그녀에게 전화를 걸었습니다.

"저기……, 나 너한테 할 말 있거든? 잠깐 볼래?"

그런데 그녀는 나가기 귀찮으니까 저더러 오라더군요.

저야 뭐, 그녀가 오라면 어디든 달려갈 마음이 있으니

무조건 오케이! 쏜살같이 달려갔죠.

그녀의 집 앞에 도착해서 숨을 고르며 초인종을 눌렀습니다.

그런데 그녀는 정말 저를 눈곱만큼도 남자로 생각을 안 하더군요.

그렇지 않고서야 화장을 지워 반쪽이 되어버린 눈썹과

무릎 나온 츄리닝을 그대로 입고 나올 수 있냐고요.

하지만 그런 모습까지도 사랑스러워보이니 제가 미친 거죠 뭐~.

어쨌든 그녀와 함께 놀이터로 가서 그네에 앉아서

저는 크게 심호흡을 한 뒤, 천천히 말하려고 했습니다.

그런데 그녀, 제가 입을 떼려는 순간

그네를 오랜만에 타본다며 높이높이 밀어달라지 뭡니까?

진짜 분위기 못 맞추는 그녀!

하지만 전 힘껏 밀어줬습니다.

완전 신나서 괴성을 지르는 그녀!

저는 그게 또 신나서 더 힘차게 밀어줬습니다.

그러다 보니 어느새 한 시간이 훌쩍!

결국 오늘의 고백은 또 실패하고 말았습니다.

하지만 여기서 포기하지 않을 겁니다.

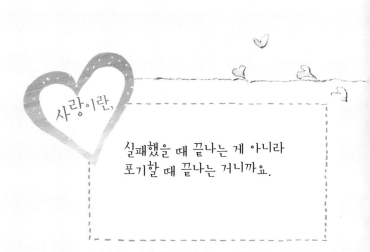

사랑이란,

실패했을 때 끝나는 게 아니라
포기할 때 끝나는 거니까요.

#34 Love is,……

한번 어긋났을지라도

어느 날 지하철을 타고 가던 중이었습니다.

어디선가 많이 본 듯한 옆모습,

왠지 낯설지 않은 향기에 그녀라는 걸 알았죠.

말을 걸까 말까 망설이다가 그녀에게 다가가

그녀의 어깨를 살짝 건드렸습니다.

그리곤 말했죠.

"저……, 지영이 맞지? 오랜만이다. 잘 지냈어?"

잘 지냈냐고 물었지만, 언뜻 보기에도 그녀는 그렇지 않은 듯했습니다.

예전보다 핼쑥해진 얼굴, 지하철 손잡이를 잡은

가녀린 그녀의 손목만 봐도 알 수 있었으니까요.

서로의 안부를 묻고, 한동안 우린 아무 말도 하지 않았습니다.

조금씩 내릴 역은 다가오고, 전 그녀에게 물었죠.

"아직……, 혼자야?"

그녀는 말없이 고개만 끄덕였습니다.

사랑이란,

한번 어긋났을지라도 다시 한번
작은 기대를 걸어보는 것.
그렇게 미련이 남는 게
사랑이란 걸 알게 됐습니다.

80

그 끄덕임은 저에게 한 가닥 희망을 주었고,

저는 그날 이후로 하루 종일 그녀의 명함만 만지작거리고 있습니다.

그녀가 제 전화를 받아주길 기대하면서…….

바로, 그녀

그녀가 다가와 물었습니다.

제 아이디가 뭐냐고.

그때부터였던 것 같습니다.

그녀의 집요한 질문 공세가 시작된 것 말입니다.

평소 매우 활달해서 함께 있으면

저를 늘 즐겁고 행복하게 만들어주는 요정 같은 그녀.

그녀는 제게, 그 어떤 누구보다 소중한 사람입니다.

하지만 그녀는 모르고 있습니다.

제가 그녀를 떠올리며 아침에 눈을 뜨고,

그녀를 생각하며 잠자리에 든다는 걸.

그런데 메신저에 접속하기 시작한 날 이후로

그녀가 하루에도 열두 번씩 끊임없이 묻습니다.

지난번 회식 자리에서 진실 게임 때 말했던

짝사랑하는 사람이 도대체 누구냐고.

"날 너무들 좋아해서 단념하라고 한 말이야.

알잖아~. 난 사랑 같은 거 유치해서 안 해."

저는 절대 말할 수 없습니다.

제가 좋아하는 사람이 바로 그녀라고, 저는 절대 말할 수 없었습니다.

사랑한다는 말만 빼놓고 어떤 말이든 다하는

우리 사이가 어색해지면 저는 정말 견딜 수 없을 테니까요.

사랑이란,

정작 사랑하는 그 사람한테도

숨겨야 할 때가 있다는 걸,

그녀를 사랑하면서 깨달았습

그게 사랑인 줄 알았는데

중학교 3학년 때 만나서 지금까지

제가 군대를 가고 제대를 할 때까지 기다려준 그녀였습니다.

그래서 저도 그녀와의 사랑을 지키려고 노력했죠.

하지만 결국 저는 그녀에게 이별을 얘기했습니다.

그녀를 처음부터 사랑하지 않았는데 그녀를 붙잡고 있는 건,

저도 불행하지만 그녀를 더욱 불행하게 하는 거라고 생각했습니다.

그녀는 혹시 저에게 다른 여자가 생겼냐고 물었지만 절대 그런 건 아닙니다.

그랬더니 그녀, 그런 것도 아닌데 왜 자길 떠나려고 하냐고,

이해가 안 된다고 하지만

처음부터 친구처럼 편하게 시작된 관계가

그냥 습관처럼 오래 만나다 보니 그게 사랑인 줄 알았고,

이제 와서 생각해 보니 아닌 것 같다고 했죠.

"너도 잘 생각해 봐. 사춘기 때 그냥 좋았던 감정으로

시작한 거, 좀 특별한 우정이라고 말할 순 있지만 사랑은 아닌 것 같아.

넌 아니라고 해도 난 그래……"

아무리 제가 그렇다고 해도 자기는 받아들일 수 없다는 그녀,

물론 그녀를 이해합니다. 하지만 이해한다 해도

사랑은 아닌 걸 저도 어쩔 수가 없습니다.

사랑이란,

누군가에게 상처가 된다 해도
내 것을 찾고 싶은 것.
진짜 자기 사랑을 찾고 싶은 건,
어쩌면 인간의 본능이 아닐까요?

만나야 할 사람은 언젠가 꼭 만난다더니

어릴 때부터 골목대장으로 이름을 날렸던 저는

고등학교 졸업 후, 그 화려했던 과거를 청산하고 서울로 이사를 왔습니다.

이제부터는 부드러운 남자로 대학 생활을 시작하리라

단단히 마음을 먹고 첫 등교를 하던 날, 눈앞이 캄캄해졌습니다.

강의실 맨 앞자리에 앉아 있던 그녀가 제 눈에 들어온 거죠.

그녀는 바로, 초등학교 때 골목대장이었던 저를

유일하게 우습게 보던 친구였습니다.

제 과거를 잘 아는 그녀와 학교 생활을 하려니 정말 갑갑하더군요.

그런데 더 기가 막힌 건, 어릴 적 친구와의 친숙함인 줄로만 알았던

그녀에 대한 느낌이, 어느새 조금씩 사랑으로 자라고 있다는 걸 알았습니다.

그녀의 향기, 그녀의 말투, 행동 하나, 웃음소리에도

제 가슴은 주책없이 흔들리고 있었으니까요.

그래서 저는 어느 날, 이대로는 안 되겠다 싶어서

그녀의 집 앞에서 기다렸다가 제 마음을 고백했습니다.

"저기……, 나……, 너…… 좋아하는 것 같다."

아……, 무너지는 자존심이여!

저는 그녀의 눈을 쳐다보지 못한 채 고개를 떨구고 말았습니다.

그랬더니 그녀, 작은 소리로

자기는 저를 10년째 사랑하고 있었다며 왜 이제야 왔냐고 흐느끼는데…….

정말 가슴이 벅차서 숨을 쉴 수가 없었습니다.

사랑이란,
사랑할 사람들은 언젠가 꼭 만난다더니,
그녀와 제가 그런 것 같습니다.

5분 대기조

저는 거의 그녀를 위한 5분 대기조입니다.

아무 때고 그녀가 전화를 해서 오라면 오고 가라면 가는

완전 머슴이라고 할 수 있죠.

그래서 저는 잘 때도 꼭 핸드폰을 켜놓고 손에 꼬옥 쥐고 잡니다.

그녀가 언제 전화할지 모르거든요.

한번은 새벽에, 살짝 술에 취한 그녀가 전화를 하더니 당장 나오라는 겁니다.

얼른 와서 술값 좀 내라는데 벌떡 일어나 나갔죠.

그런데 그녀 혼자 엎드려 있고, 친구들은 이미 가고 아무도 없더라구요.

저는 그녀를 등에 업고 택시를 탈까 하다가

그냥 그녀의 집까지 걸어왔습니다.

그렇게라도 그녀와 오래 함께 있고 싶었으니까요.

그런데 다음날 아침, 그녀가 화난 목소리로 전화를 했습니다.

어떻게 자기를 집 앞에 버려두고 갈 수가 있냐고.

저는 그녀가 남자 등에 업혀왔다고 부모님께 더 혼날까 봐

초인종만 눌러주고 간 거였는데.

제가 또 잘못했나 봅니다.

"미안해……. 내가 잘못했어. 다시는 안 그럴 게."

새벽에 달려나가 술값 내고 집까지 데려다주고 왜 욕을 먹냐구요?

사랑이란,
더 많이 사랑하는 사람이 늘 약자가 되는 거니까요.

그녀의 고백

혼자 짝사랑만 할 뿐 좋아한다는 고백은커녕

평소 말 한 마디 제대로 걸어보지도 못해 본 그녀가 있습니다.

그녀는 다른 과 학생이지만 같은 수업을 들어서

일주일에 한 번은 꼭 보기 때문에 그나마 그걸로 만족하고 있었죠.

그런데 어느 날 한 친구 녀석이 그녀의 과에서

MT를 간다는 소식을 접수했다며

우리도 같은 곳으로 MT를 가서 우연히 만난 것처럼 함께 놀자는 겁니다.

소심한 저로서는 도저히 연기가 안 될 것 같아 절대 반대를 했지만

친구들의 집요한 설득을 이기지 못하고 결국 가기로 했습니다.

다행히 어색하지 않게 같이 어울리게 된 그녀와 우리.

모닥불 앞에서 게임을 하며 술을 마시던 사이,

그녀가 어디론가 가기에 걱정이 되어 따라갔습니다.

"저기……, 괜찮으세요? 제가 등 좀 두드려드릴까요?"

그런데 그녀, 버럭 화를 내더군요.

남자가 왜 그렇게 용기가 없냐고.

일주일에 한 번씩 보면서 고백을 했어도 열두 번은 더 했을 텐데

더 이상은 못 기다리겠다고.

그러면서 덥석 제 입술을 훔치는데

그보다 더 황홀한 순간은 두 번 다시 없을 겁니다.

사랑이란,

예상치 못한 그녀의 고백이 당황스럽지만
그 순간만큼은 세상에서 가장 행복한 사람이
되는 건가 봅니다.

이별의 편지

제대를 얼마 안 남겨두고 그녀의 편지를 받았습니다.

이제 그만 헤어지자는 그녀의 편지.

저는 믿어지지가 않아서 이별의 말이 써 있는 부분만

몇 번이고 읽고, 또 읽어봤습니다.

아무리 눈을 씻고 다시 읽어봐도 믿기지 않는 그 단어는

너무도 선명하게 써 있더군요. 야속하게도.

하지만 저는 받아들일 수밖에 없었습니다.

그동안 제가 그녀에게 잘해 준 거라고는 하나도 없었으니까요.

그녀가 열 번 편지 쓸 때, 한두 번 답장 보내고,

휴가 나갔을 때도 그녀보다 친구들에게 먼저 연락하곤 했으니까요.

하지만 그땐……, 그녀가 다 이해해 줄 거라고 생각했습니다.

정말 그런 줄 알았습니다.

그런데 지금 생각해 보니 그녀는 이해한 거라기보다

저를 위해 참고 있었던 것 같습니다.

그리고 이제 더 이상 참기 힘들어진 거겠죠.

저는 그녀에게 마지막 편지를 썼습니다.

"그동안 고마웠다. 그래도 내가 널 위해 해줄 수 있는 게

하나는 남아 있었구나. 나와의 이별이 너에겐 좋은 일이 되길 바래."

사랑이란, 그 사람에게 해주지 못한 걸 미안해하는 거니까
그래서 이별이라도 기꺼이 해주고 싶었습니다.

두 사람을 동시에

분명 그녀를 사랑하지 않는 것도 아닌데, 그녀가 싫어진 것도 아닌데,

자꾸 다른 사람이 제 마음에 들어오려고 합니다.

늘 날 챙겨주고 자기보다 내가 먼저였던 여자 친구.

그런데 새로운 그녀는 제가 먼저 신경 써주고 싶게 만듭니다.

어디를 가든 무얼 잘 두고 다녀서 제가 챙겨줘야 하고,

바쁠 땐 밥도 안 챙겨먹는 것 같아서 제가 자꾸 걱정하게 만들거든요.

우연히 친구를 따라 사진 동호회에 나갔다가 알게 된 그녀,

지난 여름엔 사진 찍으러 계곡 쪽으로 갔다가

물에 빠지는 바람에 다리를 삐끗한 그녀를 제가 업고 병원까지 간 적이 있었죠.

그녀를 업는 순간, 가슴이 쿵쾅거리는데

정말 오랜만에 느껴보는 떨림이 신선했습니다.

저한테 미안하다며 힘을 잔뜩 주고 있는 그녀에게 말했죠.

"힘 빼요. 안 그러면 제가 더 힘들어요.

그런데 밥 좀 많이 먹어야겠네요. 이렇게 가벼워서 힘든 세상 헤쳐나가겠어요?"

그날 이후로 그녀는 저에게 밥 잘 먹고 다닌다고 자랑을 늘어놓습니다.

무슨 반찬에 뭘 먹었다고 재잘거리는 게 정말 사랑스러운데,

저 어떡하면 좋죠?

사랑이란, 두 사람을 동시에 사랑할 수도 있는 것.
저만은 아닐 거라고 자신했었는데 사랑은 장담할 수 없는 건가 봅니다.

#42 Love is,……

수수께끼 같은 것

우리 회사 사내 방송, 아침 출근 시간에 음악을 틀어줍니다.

그런데 누가 아이디어를 냈는지 직원들이 돌아가면서 DJ처럼

사원들의 신청곡을 받아 진행을 하라는 거예요.

하필 첫 번째 타자로 제가 뽑혔지 뭡니까?

대학교 때 교내 방송 좀 했다고 얘기했던 걸 기억하고 있던 동기가

절 추천하는 바람에…….

'이그, 웬수~ 돈 꿔간 건 기억 못하면서,

쓸데없는 건 기억도 잘~해요. 아휴 근데 어떡하지?

1학년 때 술만 먹다가 2학년 때부터 안 나갔는데~.'

어쨌든 멋진 목소리 하나만 믿고 다음날 아침,

마이크 앞에 앉았습니다.

그런데 책상 위에 놓여진 편지 한 장.

'사랑하는 사람이 있었습니다.

하지만 그 사람은 저의 존재조차 모르는 것 같더군요.

그래서 이제 그만 마음을 접으려고 합니다.

그 사람이 자주 부르는 애창곡을 마지막으로 듣고 싶어요'

하면서 신청곡으로 씌어 있는 건, 제가 노래방 애창곡으로

자주 부르는 노래였습니다. 순간, '혹시 누가 나를?'

심증은 가는데 물증이 없는 사람이 한 명 떠올랐죠.

하지만 정확한 건 아무도 알 수 없는 것.

아웅~ 궁금해~ 궁금해~.

사랑이란, 알쏭달쏭 수수께끼 같은 것.
혹시 누군가에게 힌트를 줄 거라면 좀 후~하게 주세요.

덤덤히 받아들이는 것

처음에 그녀는 누구보다 청순하고 순수한 사람이었습니다.

우리가 만나는 날이면 늘 하늘하늘한 치마에

긴 생머리를 풀고 나타났고, 슬픈 영화를 보면 손수건이 흥건히 젖도록 울고,

뭘 먹을 때도 한 입 먹을 때마다 냅킨으로 입을 닦아내곤 했죠.

그런데 언제부턴가 그녀는 달라지기 시작했습니다.

며칠 머리를 안 감았다며, 모자를 푹 눌러쓰고 나오질 않나,

공포 영화를 보면서도 남들 소리지를 때 좋다고 웃질 않나,

이젠 밥을 먹고 나면 고춧가루가 꼈는지 봐달라며 얼굴을 들이미는 정도니까요.

순간, 그녀가 더 이상 날 사랑하지 않는 건가? 생각했습니다.

그렇지 않고서야 그렇게 원초적인 모습을 제게 보일 순 없는 거잖아요.

"내가 싫으면 싫어졌다고 해. 이런 식으로 돌려 말하지 않아도 알아듣거든.

나도 눈치가 있는 놈이야."

그런데 그녀, 오히려 저에게 섭섭하다며 눈물을 글썽입니다.

그동안 자기를 정말 사랑한 게 아니었냐고.

자기는 이제 우리가 서로의 진짜 모습을 보여도 끄떡없을 만큼

사랑하고 있다고 믿고 있었다고.

사랑이란, 그 사람의 실체가 드러나도 덤덤히 받아들이는 것.
부족한 제 사랑을 반성해야겠다고 생각했습니다.

#44 Love is,……

취중 진담

평소 속마음을 숨기고 오직 친구로만 지내던 그녀,

정말 여자답지 않게 무뚝뚝한 그녀의 성격 덕분에,

한번도 진심을 보이지 못한 저는 취중 진담을 하기로 했습니다.

이 세상에 남자가 달랑 나 하나 남아도,

절대 대시 같은 건 안 할 것 같은 그녀를 내 사람으로 만들려면

그 방법밖에 없다고 생각했으니까요.

그래서 저는 술을 많이 마시고 그녀의 집 앞으로 찾아갔습니다.

그리고는 소리쳤죠.

"야, 정지영! 너, 나랑 같이 살자! 내가 평생 너만 사랑해 줄게.

응? 야, 나와보라니까~."

그런데 그녀, 나오자마자 저를 데리고 어디론가 가더니 이러면 재미없다고,

다시는 자기를 볼 생각도 말라는데,

저는 울며 매달리다가 창피해서 그냥 필름이 끊긴 척,

그 자리에 쓰러져버렸습니다.

그리고는 아침에 전화한 그녀에게 말했죠.

"어, 그래……. 어제 내가 너 찾아가서 무슨 실수 안 했지?

무슨 말을 한 것 같긴 한데……. 도통 기억이 안 나네~."

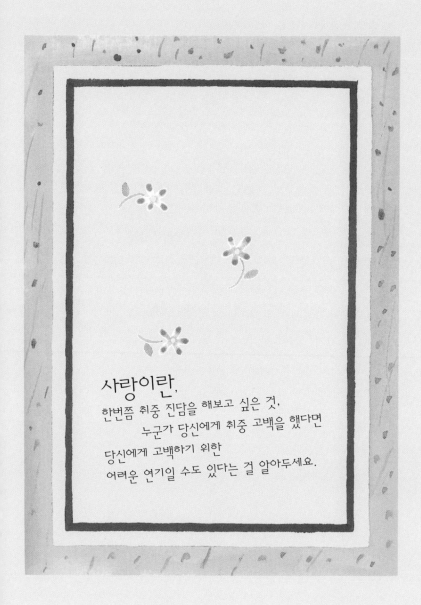

사랑이란,
한번쯤 취중 진담을 해보고 싶은 것,
　　누군가 당신에게 취중 고백을 했다면
당신에게 고백하기 위한
어려운 연기일 수도 있다는 걸 알아두세요.

조금씩 다가가 볼까요?

그녀의 마음은 알다가도 모르겠습니다.

어쩔 땐 저를 좋아하는 것 같고, 또 어쩔 땐 저에게 전혀 관심도 없는 것 같고.

도대체 헷갈리는 그녀의 마음을 정말 모르겠습니다.

제가 다른 여자와 조금이라도 친한 척 얘기하면

자기가 내 여자 친구인 양, 남자가 그렇게 헤프면 안 된다고 난리를 칩니다.

그래서 그녀가 다른 남자들한테 너무 잘 웃어주기에,

"야, 여자가 그렇게 아무 남자한테나 웃어주면 안 돼.

남자들은 자기를 좋아하는 줄 안단 말야.

너, 어디 가서 그렇게 웃지 마라" 하고 말했습니다.

그런데 그녀는 저보고 무슨 상관이냐고 오버하지 말라고 합니다.

이러니 적극적으로 대시도 못하겠고, 그렇다고 그냥 두고 보자니 답답하고.

도대체 그녀의 진심이 뭔지 모르겠습니다.

그냥 조용히 바라만 보는 게 현명한 걸까요?

아니면 조금씩 다가가 볼까요?

그런데 혹시 다가섰다가 괜히 지금껏 쌓아온 좋은 감정들마저

물거품이 되어버리면, 그때는 정말 어쩌죠?

사랑이란,

내가 한 걸음 다가서면
        그 사람은 두 걸음 멀어질 것 같은 것.
그래서 자꾸 망설이게 됩니다.

#46 Love is, ...

그냥 그대로

처음에는 그녀를 기다리는 게 마냥 행복했습니다.

저한테 잘 보이려고 옷장을 뒤지며 이것저것 입어볼 그녀가 사랑스럽고,

이 색깔 저 색깔 립스틱을 바꿔 바르고 있을 그녀가 귀여워서,

기다림이 전혀 지루하지 않았죠.

그런데 어느 순간 못 참을 때가 오더군요.

집 앞에서 차를 대놓고 그녀를 기다리다가, 잠깐 졸았던 적이

한두 번이 아니다 보니 슬슬 화가 나기 시작했습니다.

하지만 아무리 말을 해도 그녀는 늦는 버릇을 고칠 수가 없나 봅니다.

집에서 떠나면서 몇 분 후에 도착한다고 아무리 시간 체크를 해줘도

그녀는 아랑곳하지 않고 준비가 다 끝나야 나오니까요.

그래서 이제 그만 마음을 편하게 먹을까 합니다.

그냥 그대로 받아들이는 게 그녀도 저도 행복할 것 같습니다.

오늘은 아예 포기하고 전화를 했습니다.

"괜찮아. 천천히 준비하고 나와. 아직 CD 한 바퀴밖에 안 돌았어.

두 바퀴는 기본으로 들어줘야지. 시간 충분하다, 야……"

사랑이란,

그녀가 또 꾸물거려도 마음의 평정을 잃지 않는 것.

그렇게 서로의 단점을 하나씩 받아들이는 게 사랑이니까요.

그저 바라보는 것만으로

저는 꽃집 총각입니다.

웬만큼 되는 외모에 목소리까지 좋다고

동네에서는 꽃미남으로 통할 정도죠.

그런데 저 같은 꽃미남도 자신 없게 만드는 아름다운 그녀.

벌써 두 달째, 수요일 아침이면

출근길에 꼭 장미꽃 한 송이를 사는 그녀가 있습니다.

그런데 저는 아직 그녀의 이름도 모릅니다.

오늘은 꼭 물어보리라 다짐한 지도 어언 한 달이 지나가고 있는데,

안 되겠더군요.

오늘은 진짜! 정말로! 데이트 신청을 해야겠다고 마음먹었습니다.

그런데 오늘 아침엔 그녀와 가끔 함께 오던 친구가

그녀는 어디다 두고 혼자 꽃집을 찾았더군요.

"저……, 그런데 오늘은 혼자 오셨네요. 같이 오시던 친구 분은 어디 가셨어요?"

그런데 괜히 물어봤다 싶었습니다.

글쎄 웨딩 촬영하느라 오늘 결근을 했답니다.

다음 주면 결혼을 한다는 그녀.

그러면서 그 친구, 저에게 그녀의 부케를 부탁하지 뭡니까?

아무리 짝사랑이지만 한때 마음에 품었던 그녀가

다른 남자한테 가는 걸 두 눈 시퍼렇게 뜨고 보기도 가슴 찢어지는데

가시는 걸음에 부케까지 만들어주라니요.

이거 너무 큰 형벌 아닌가요?

짝사랑할 때가 더 행복한 것.
그냥 바라보는 것만으로
즐거웠던 시간들이 그립습니다.

사랑
이란

오래된 연인처럼

처음 그녀와는 그냥 같은 동네 주민으로

골목길에서 마주치면, 눈인사 정도만 하고 지내는 사이였습니다.

그런데 우연히 같은 대학을 가게 되고,

함께 통학을 하며, 그때부터 우린 특별한 사이가 되었죠.

하지만 워낙에 연인이 되기 전부터 오며가며,

서로 무릎 나온 츄리닝과 부스스한 모습을 자주 본 사이라,

오래된 연인처럼 아주 편합니다.

그런데 편한 건 좋은데, 저도 가끔은 그녀에게 멋지게 보이고 싶거든요.

그래서 폼 좀 잡으면 그녀는 다짜고짜 웃기부터 합니다.

그게 얼마나 자존심이 상하던지…….

그래서 저는 한 가지 방법을 생각했습니다.

어느 날 제가 아르바이트하는 카페로 그녀를 불렀고

그녀가 친구들과 와 있는 것을 확인하고, 무대 위로 올라갔죠.

"라이브 해주실 가수 분이 개인적인 사정으로

못 나오셔서 오늘은 제가 대탑니다."

그녀, 감동한 듯 입을 못 다물고 있는데, 그 모습에 제가 더 행복했습니다.

사랑이란, 그녀에게만큼은 늘 멋진 사람이 되고 싶은 것.
그래서 전 오늘도 그녀에게 잘 보이기 위해 또 뭔가를 준비합니다.

내가 힘이 들어도

제 마음을 더 이상 숨길 수가 없어서 고백해 버렸습니다.

어떤 대답이 나올지 뻔히 알면서도.

하지만 예상은 했지만 거절당한 상처는 쉽게 아물지 않더군요.

함께 준비하던 프로젝트를 자기 혼자 하겠다고

내 도움은 필요 없다고 말하는 그녀의 모습은 정말 얼음장같이 냉정했습니다.

그녀가 칼같이 내 마음을 자르는 건 날 위한 것이라고 했지만,

전 그래도 그녀가 한번쯤은 생각해 보겠다고 할 줄 알았는데

그녀의 차가운 반응에 전 두 번 상처받았습니다.

그러던 어느 날, 그녀에게 전화가 왔습니다.

하는 일이 어려워서 도저히 혼자 할 수가 없어 내 도움이 필요하다고.

내가 힘든 건 알지만, 그냥 사심 없이 일만 도와줄 수 없냐고.

어렵게 그녀에 대한 마음을 정리하고 있는 저에게

그런 부탁을 하는 그녀가 조금은 이기적으로 보이기도 했지만,

전 그냥 허락해 버렸습니다.

그녀가 힘든 건 볼 수 없었으니까요.

"도와줄 게요. 제가 괜한 말을 해서 당신만 더 힘들게 했네요.

일하면서 불편하지 않게 할 게요, 걱정 말아요."

사랑이란, 그 사람이 힘들어하는 게 싫어서

기꺼이 내가 더 힘든 쪽을 택하는 것. 그런 마음이 사랑인가 봅니다.

#50 Love is,……

굳이 말하지 않아도

그녀를 처음 만난 건 제가 고3 때였습니다.

그녀는 누나의 친구이자, 저의 과외 선생님이었죠.

저는 아직도 기억합니다.

하얗고 긴 손가락 사이에 볼펜을 끼고 돌리던 버릇,

흘러내리는 긴 머리를 노란 손수건으로 묶고 있던 모습,

그녀에 대한 건 하나도 잊지 않고 있습니다.

그런데 그녀는 벌써 저를 잊었나 봅니다.

얼마 전 누나의 결혼식에서 그녀를 봤을 때

그녀는 저를 못 알아보고 그냥 지나치는 거였습니다.

"저기 누나……, 나 모르겠어요? 예전에……."

그때서야 그녀, 알아보겠다고, 이제 제법 남자 티가 난다며 놀라더군요.

그 뒤로 그녀와 저는 가끔 만나 영화도 보고, 저녁도 먹는,

그런 사이가 됐습니다.

 가끔 그녀는 자기가 곤란할 때는 저에게 선생님처럼 굴긴 하지만 저는 압니다.

조금씩 그녀도 절 남자로 받아들이고 있다는 걸.

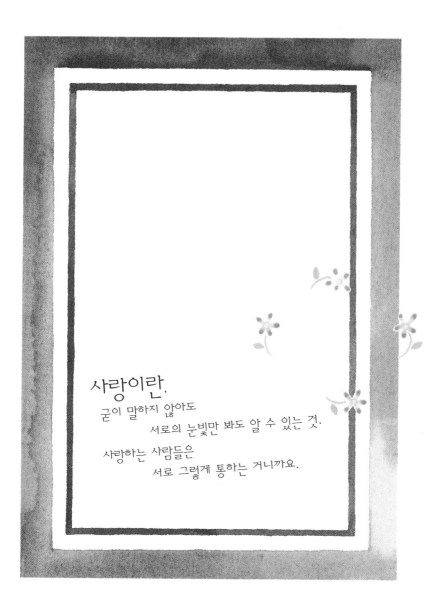

사랑이란,
굳이 말하지 않아도
　　서로의 눈빛만 봐도 알 수 있는 것.
사랑하는 사람들은
　　서로 그렇게 통하는 거니까요.

#3 Love is, ⋯⋯
이런 마음도

#3 Love is, ……

사랑일까요?

사랑은 타이밍

그 녀석보다 제가 그녀를 좀 더 일찍

사랑할 수 있는 기회를 하늘이 주셨는데,

그땐 왜 미처 몰랐을까요?

그녀가 저를 사랑하고 있을 땐, 그 마음도 모르고 그녀를 힘들게 하고.

그녀가 다른 남자를 사랑하게 된 지금,

뒤늦게 깨달은 사랑으로 전 또다시 그녀를 힘들게 하고 있습니다.

못난 놈이죠.

그런데 여자는 이미 지나간 사랑에는 미련이 없다더니,

그 말이 정말 맞나 봅니다.

그렇지 않고서야 그렇게 저를 사랑했었다면서

어떻게 그때의 마음은 완전히 잊을 수 있는지.

아무리 애원하며 다시 한번 기회를 달라고 해도, 전혀 동요하지 않는 그녀.

그래서 마지막이다 생각하고

사나이 자존심 다 버리고 무릎까지 꿇었습니다.

"제발 한번만 다시 기회를 줘. 그땐 내가 미처 깨닫지 못했던 거야.

널 사랑하고 있다는 걸. 안 되겠니? 너도 나 사랑했다며?"

그러나 꿈쩍도 하지 않는 그녀, 지금은 저를 사랑하지 않는답니다.

사랑은 타이밍이라던 어느 드라마의 대사가

이렇게도 절실하게 다가올 줄은 정말 몰랐습니다.

그녀와 어긋난 사랑에 아파하며, 다시 한번 가슴속에 새겨봅니다.

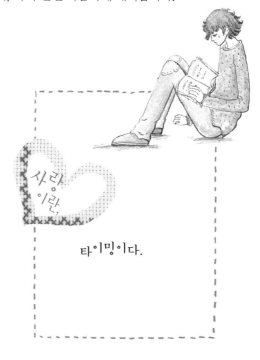

사랑이란,

타이밍이다.

착한 거짓말

돌도 씹어 먹을 만큼 위대한 소화력을 자랑하는 그녀가

갑자기 숟가락을 놓더니 그럽니다.

자기가 요즘 좀 살찐 것 같지 않냐고.

어디선가 들은 얘기로는 여자들이 살쪘냐고 물을 때,

그렇다고 대답하면 절대 안 된다고 하기에, 전 아니라고 했죠.

그런데 집요한 그녀, 괜찮다고, 솔직하게 말하라고 저를 자꾸 떠보는데,

전 정말 그녀가 객관적인 대답을 원하는 것 같아서 솔직하게 말해 줬습니다.

"그렇지? 너 요즘 살찐 거지? 어쩐지 볼 살도 좀 찐 것 같고

통통해진 다리가 부담스럽다 했어. 머리 묶지 말고 풀고 다녀라, 야~.

볼 살 좀 가리게."

그날 이후로 그녀는 식음을 전폐하고 자기 방 안에 콕 박혀서

꼼짝도 안 한다는 소식이 들릴 뿐입니다.

다이어트 성공하기 전에는 절대 저를 안 만나겠다고 합니다.

저요? 지금 후회막급입니다. 제가 왜 그랬을까요?

사랑이란, 솔직하란다고 곧이곧대로 하면 안 되는 것.
그녀를 위해 착한 거짓말은 끝까지 사수해야 합니다.

그녀의 새로운 남자 친구

헤어진 후에도 어쩌다 가끔 안부를 물어오던 그녀에게서

오늘은 밥을 사달라며 전화가 왔습니다.

가난한 자취생이 아르바이트도 잘리고, 끼니 때우기도 벅차다며

점심 한 끼 사달라는데 아직도 그녀 생각뿐인 저는

마음 같아서는 저녁까지 사줄 생각으로 뛰어나갔습니다.

그런데 그녀를 만나러 간 곳에, 그녀는

혼자가 아니라 웬 남자와 함께 나와 있었습니다.

순간 당황스럽고, 머리에 돌이라도 맞은 것처럼 멍했지만,

전 모른 척 딴소리를 했죠.

"어? 혼자가 아닌 줄 알았으면 돈 좀 더 두둑이 챙겨오는 건데.

네가 2인분은 거뜬히 먹잖아. 그런데 누구? 오빠? 동생?"

그런데 그녀, 아무렇지 않은 듯 새로 사귄 남자 친구라며

나에게 인사시켜 주려고 불러낸 거라고 합니다.

그녀가 이렇게 잔인할 줄은 예전엔 미처 몰랐는데.

안 그래도 쓰린 가슴에 왕소금을 뿌리더군요.

하지만 그래도 전, 그녀를 미워할 수가 없습니다.

×××××××××××××××××××××××××××× 사랑이란, ××××

원래 그런 거니까요. 그녀가 날 아무리 아프게 해도
미움보다 훨씬 큰 사랑이 모든 걸 감싸안게 하니까요.

헤어진 후에도

우리 부서가 영업 실적이 제일 좋다고 회식비가 나온 날이었습니다.

평소 술이 약해서 술을 잘 마시지 않는 저는

그날도 여느 때처럼 술 대신 콜라와 물을 번갈아 마시고 있었죠.

분위기는 무르익고, 모두들 취해서 정신이 없는데

여직원 한 명이 먼저 가겠다고 일어나더군요.

멀쩡한 정신인 사람은 저 한 명뿐인 것 같아서 제가 같이 나가서

그 여직원을 택시에 태워보냈습니다.

그러면서 택시 번호를 적었죠.

"혹시 모르니까 적는 거예요. 도착하면 문자라도 보내세요.

요즘 하도 세상이 험해서요."

그런데 순간, 떠나는 택시의 뒷모습을 보며

예전의 일들이 생각났습니다.

그녀와 헤어질 때면 언제나 그녀를 태운 택시 번호를 적어놓고,

무사히 집에 도착했는지 확인을 하고서야 잠이 들곤 했던……,

그때의 일들이 아련히 떠오르더군요.

그녀와 마지막으로 헤어지던 날에도, 그녀를 태운 택시 번호를
습관처럼 핸드폰에 저장하며, 멍하니 멀어지는 택시의 꽁무니만 바라봤었는데.
제가 없는 그녀가 혹시나 밤길에 혼자 다니며 위험하지는 않을지
문득 걱정이 됩니다.

사랑이란,

헤어진 후에도 그녀가 문득문득 걱정이 되는 것.
밥은 잘 먹고 다니는지, 어디 아픈 데는 없는지,
또 쓸데없는 걱정입니다.

먼저 생각하는 마음

단지 그녀가 떠올라서 말했을 뿐인데.

사람들은 닭살이라고 도저히 용서가 안 된다고 난리들입니다.

학교 친구들이 쇼핑을 한다기에 따라갔죠.

그런데 너무 예쁜 초록색 옷이 눈에 띄는 겁니다.

평소 그녀가 초록색을 워낙에 좋아라 하니, 순간적으로

그녀에게 잘 어울리겠다는 생각이 들더군요. 그래서 그랬죠.

"야, 저거 내 여자 친구가 보면 진짜 좋아하겠다. 저기 저 귀고리도 좋아하겠는 걸.

어라, 저것 봐라~. 저런 가방은 우리 애인밖에 소화 못하는 건데 사다줘야겠다.

아저씨, 이거 얼마죠?"

친구들이 옆에서 야유를 보내고, 때리고, 난리도 아니었습니다.

하지만 전 제 선물을 받고 좋아할 그녀를 생각하니까

야유도 환호로 들리고, 맞아도 아프지 않았습니다.

주머니 탈탈 털어서 일주일 치 용돈을 다 썼지만

그래도 마음만은 세상을 다 가진 듯, 누구도 부럽지 않은 부자 같았습니다.

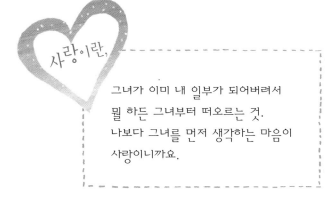

사랑이란,

그녀가 이미 내 일부가 되어버려서
뭘 하든 그녀부터 떠오르는 것.
나보다 그녀를 먼저 생각하는 마음이
사랑이니까요.

다시는 혼자 보내지 않을게

데이트를 하고 헤어지면서, 집까지 바래다주지 못했습니다.

내일 일찍부터 일하려면 피곤할 거라고

그녀가 한사코 그냥 혼자 가겠다고 하기에

못 이기는 척 그렇게 하자고 했죠.

그런데 저는 곧 후회했습니다.

집에 도착하면 늘 전화를 하던 문자를 보내던 그녀가

벌써 도착했을 시간인데도 아무 연락도 없는 겁니다.

"혹시 나쁜 일이라도 생긴 거 아닐까? 아, 괜찮다고 해도

끝까지 데려다주는 건데. 핸드폰도 꺼져 있고. 휴~, 어떻게 된 거지?"

저는 도저히 가만히 있을 수가 없어서 그녀의 집으로 갔습니다.

도대체 무슨 정신으로 뛰어갔는지 모르겠지만

집 앞에 도착하니 옷이 온통 땀으로 범벅이 되어 있더군요.

그리고는 무슨 정신인지 대책 없이 초인종을 눌러버렸습니다.

"저기요. 지영이 들어왔나요? 잘 들어왔다는 연락이 없어서 걱정돼서요.

다음부턴 제가 꼭 집까지 바래다주겠습니다.

죄송합니다, 어머니!"
들어와서 이미 씻고 자고 있다는 그녀.
제가 이렇게 걱정하고 있는 것도 모르고, 무심하게 자고 있을 그녀가
그때만큼 사랑스럽고 고마운 적이 없었습니다.

사랑이란,

사랑이란, 그녀가 내 시야에서 벗어나면 한시도 못 견디는 것.
다시는 그녀를 혼자 보내지 않으리라 결심했습니다.

이별의 순간까지도

일 때문에 바빠서, 그녀에게 소홀했던 건 사실입니다.

그래도 요즘 들어 부쩍 잔소리가 심해진 그녀를 보고 있으면

그녀를 보내주는 게, 우리가 헤어지는 게, 서로를 위해서 좋은 것 아닌가…….

그런 생각이 들었습니다.

"네가 많이 힘들어하는 것 같은데. 내가 널 붙잡고 있는 것도

너무 이기적인 것 같애. 그러니까 말해. 너, 보내줄게."

그런데 그녀, 내 얘기가 끝나기가 무섭게 그걸 이제야 알았냐고

자기보다 늘 일이 우선인 나 때문에 혼자 얼마나 외로웠는지 아냐고

자기도 이제 그만두고 싶다고 하더군요.

사실 속으로 기다린 대답은

'아니야, 힘들어도 같이 있는 게 좋아' 라는 말이었는데,

그녀, 그동안 정말 쌓인 게 많았는지

저의 이별 제안에, 바로 오케이를 해버릴 줄은 몰랐습니다.

"그랬구나. 네가 그렇게 힘들어하고 있는 줄은 몰랐어.

역시 난 너한테 부족한 남자였던 것 같애. 좋은 사람 만나길 바래. 잘 가라."

그런데 나중에 친구를 통해 들어보니 제가 보내 준다는 말에 그녀도

홧김에 헤어지자고 했고, 결국 후회했다고 합니다.

사랑이란.

이별의 순간까지도 자존심만 지키다가
결국 서로에게 상처만 주는 것.
그렇게 어리석은 건가 봅니다.

오늘도 행복한 하루

매일 아침 9시면 어김없이 오는 문자메시지.

"오늘도 즐겁고 행복한 하루 보내세요~."

그리고 웃는 얼굴 이모티콘, *^^*!

벌써 그녀의 모닝 문자를 받은 지 두 달째가 되어갑니다.

친구의 결혼식 피로연에 갔다가 신부측 친구로 온 그녀와

우연히 파트너가 되어 즐거운 시간을 가졌는데

그 인연이 지금까지 이어져오고 있는 거죠.

그런데 저는 그녀를 그냥 신부측 친구로만 생각했을 뿐인데

그녀는 아니었나 봅니다.

적극적으로 대시하는 게 완전히 저한테 반해 버린 것 같거든요.

그런데 어제에 이어 오늘 아침에도 무슨 일인지

그녀의 문자가 오지 않았습니다.

"어제 하루쯤은 잊어버릴 수 있어! 그런데 연 이틀이나 건너뛸 친구가 아닌데?

어디 아픈가?"

비가 오나 눈이 오나, 하루도 빠짐없이

정확히 9시면 "띠링띠링" 울리던 문자 수신음이 들리지 않으니

은근히 걱정되더라고요.

'이거 아무래도 그녀의 작전에 휘말리고 있는 것 같은데…….'
저 그녀에게 넘어가고 있는 거 맞죠?

사랑이란,

거부할 수 없는
몸부림 같은 것.
아니라고 부정해도
어느새 빠져드는 게
사랑인 것 같습니다.

옛사랑 고백

그녀를 바래다주고 집에 돌아오는데

옆자리에 그녀가 두고 내린 다이어리가 있었습니다.

내일 모레면 우리가 만난 지 100일 되는 날이라며,

달력을 보다가 두고 내렸나 봅니다.

그런데 그녀의 다이어리 속에는 어떤 말들이 써 있을까 궁금해서

자꾸 열어보고 싶더군요.

결국 첫 장을 넘기고 순간 깜짝 놀랐습니다.

저와 너무 똑같이 닮은 한 남자의 사진이 있는 거였습니다.

궁금한 건 못 참는 성격이라, 그녀에게 바로 전화를 걸었죠.

"너, 내 차에 뭐 두고 내린 거 없냐? 이제 생각났어?

으이구~, 근데 다이어리 앞에 보니까, 웬 남자 사진이 있더라?

나랑 닮았던데. 누구야? 요즘 인기 있는 배우야?"

그녀, 잠시 아무 말이 없더니, 조용히 입을 엽니다.

사실은 예전에 만나던 남자 친구라고.

처음 나한테 호감을 가졌던 것도

그 사람과 닮아서였다고.

잠깐 아무 생각도 안 나고, 할 말을 잃었지만

저는 다시 정신을 차리고 말했습니다.

"그래? 그래도 내가 좀 더 잘생겼지?

내 사진으로 바꿔놓는다.

이젠 나만 봐. 알았지?"

사랑
이란,

그녀의 옛사랑 고백에도
당황하지 않는 것.
앞으로 더 예쁜 사랑으로
나만 바라보게 하면 되니까요.

131

뭐가 부러워?

그녀가 저를 보자마자 열을 올리기 시작합니다.

'옷이 왜 그러냐, 신발이 촌스럽다, 머리스타일 좀 바꿔봐라.'

머리끝부터 발끝까지 마음에 드는 게 하나도 없다며 생트집을 잡는데…….

아무래도 오늘 친구들을 만나고 왔나 봅니다.

그녀가 저한테 불만을 토로하는 날은

알고 보면 결혼한 친구들 모임에 갔다가

친구들의 남편 자랑에 열 받고 와서는

저를 붙잡고 한참 동안 목소리를 높이거든요.

자기는 언제나 면사포를 써보냐는 둥,

친구들보다 자기가 뭐가 못나서 이러고 있는지 모르겠다고

다 제 탓이라는 둥, 매일 똑같은 레퍼토리랍니다.

그러면 저도 늘 이런 말로 그녀를 달래곤 하죠.

"자갸, 자긴 어리고 잘생긴 남자랑 연애하잖아. 뭐가 부러워?

그 누나들 자기한테 질투 나서 그러는 거야.

자기들은 벌써 아줌마 돼서 푹~ 퍼졌는데, 자기는 아직도 젊고 예쁘니까."

역시 단순한 나의 그녀,

순진하게도 저의 말에 금방 좋다고 웃습니다.

정말 사랑스럽죠?

사랑이란,

그녀의 투정이 마냥 귀엽게 보이는 것.

하지만 속으로는 그녀가 원하는 걸

하루 빨리 해주겠다고 다짐한다는 걸

그녀는 알까요?

이 세상에서 네가 제일 예뻐

그녀와 저는 늘 티격태격 서로에게 툴툴거리며 하루를 시작합니다.

얼굴을 보자마자 첫인사가 어떻게 하면 서로의 속을 긁을까

연구라도 한 사람들처럼 정말 독한 한 마디를 날리죠.

"야! 오늘은 또 무슨 바람이 불어서 안 하던 화장을 다 했냐.

호박에 줄 긋는다고 수박 되냐? 그냥 하던 대로 하고 다녀.

안 어울려!"

가만히 듣고 있던 그녀, 손수건을 꺼내더니

입술을 박박 닦아내곤, 휙~ 돌아서서 가버립니다.

그래서 또 소리쳤죠.

"야! 얼굴도 못생긴 게 성질까지 더러워서 되겠냐?

그러니까 네가 남자 친구가 없는 거야! 잘 가라!"

그런데 그녀, 정말 화가 났는지 뒤도 안 돌아보고

씩씩거리며 가는데, 저러다 영영 날 안 보겠다고 하면 어쩌나

덜컥 겁이 나더군요. 사실 속마음은 그게 아닌데.

사랑이란, 마음과는 전혀 다른 말을 내뱉어버리고 뒤돌아서 후회하는 것.

그리고 조그맣게 혼자 중얼거리는 것.

"사실 내 눈엔, 이 세상에서 네가 제일 예뻐."

사랑할 수밖에 없는 이유

모처럼 그녀와 함께 극장에 갔습니다.

그런데 영화가 시작된 지 얼마 되지 않아 어느새 꾸벅꾸벅 졸고 있는 그녀.

고된 아르바이트가 힘든가 봅니다.

그래서 전 살포시 제 어깨에 그녀의 머리를 기대고 모른 척 영화를 봤습니다.

자다가 들킨 걸, 혹시 그녀가 창피해할지도 모르잖아요.

그런데 아니나 다를까 그녀, 저 몰래 일어나

그동안 열심히 영화를 보고 있었던 척하더군요.

하지만 그것도 잠시, 어느새 고개가 또 떨궈지는데 그런 그녀의 모습이 안쓰러웠습니다.

그래서 그녀가 살짝 정신이 돌아왔을 때 말했죠.

"지영아~, 나 너무 졸려서 영화 더 못 보겠거든?

우리 그냥 나갈래? 다음에 내가 다시 보여줄게."

그랬더니 그녀, 밖으로 나와선 오히려 큰소리를 치더군요.

"오빠, 도대체 어제 뭐했기에 그래? 술 안 마셨다더니 거짓말한 거지?

이그~, 오늘 내가 한번만 봐준다!"

"정말? 고마워~. 대신 맛있는 거 사줄게. 뭐 먹을래?"

××××××××××××××××××××××××× 사랑이란, ××××

그녀의 뻔뻔함도 귀여운 것.

제가 그녀를 사랑할 수밖에 없는 이유랍니다.

나랑 결혼해 줄래?

늘 씩씩해 보이던 그녀가 오늘따라 유난히 어깨가 축 쳐져서
밥도 안 먹고 골똘히 생각에 잠겨 있습니다.
얘기를 들어보니 요즘 집에서 엄청 구박을 받고 있답니다.
나이 서른에 시집갈 생각은커녕 남자 친구 하나 없이
주말마다 집에서 뒹군다고.
가족들이 총동원해서 구박을 하는데,
정말 아무나 붙잡고 자기 좀 데려가라고 하고 싶다는군요.
그러면서 부탁을 하더라구요.
자기 집에 가서 애인 노릇 좀 해달라고.
이때다 싶어 오케이 했죠!

사랑
이란,

서로의 눈빛 속에 이미 그 대답이 있는 것.
그녀의 눈 속에도 제가 있다는 걸
느낄 수 있었으니까요.

그리고 다음날, 나름대로 깔끔하게 차려입고 그녀의 집으로 갔습니다.

그런데 그녀의 아버지, 다짜고짜 그녀를 사랑하느냐고 물으시는 겁니다.

전 큰소리로 대답했죠.

"네, 지영이를 사랑합니다. 따님을 제게 주십시오!"

그날 저는 그녀의 집에서 사내 녀석이 씩씩해서 마음에 든다며

진수성찬을 대접받고 나왔습니다.

집 앞에서 그녀, 저보고 연기 잘하더라고 탤런트 해도 되겠다기에

확! 말해 버렸습니다.

"나, 진심이었어. 나랑 결혼해 줄래? 내가 너 데리고 살아줄 게."

그녀, 발개진 얼굴로 당황스럽다고 며칠만 시간을 달라며

집으로 뛰어들어가 버리는데,

전 얼마든지 기다리겠다고 했습니다.

반복된 우연

아침마다 지하철 플랫폼에서 마주치는 그녀가 있습니다.

처음엔 그런가 보다 했는데 거의 매일 보다 보니

이젠 하루라도 그녀가 안 보이면, 저도 모르게 그녀를 찾으며 걱정하게 됩니다.

"어디 아픈가? 늦잠 잤나? 어제 야근이라도 한 건가?"

그러다 다음날 짠~ 하고 나타나는 그녀를 보면

저 혼자 어찌나 반가운지, 그녀는 아마 상상도 못할 겁니다.

그런데 오늘 매일 전화로 통화하면서 목소리에 반해 버린 거래처 여직원이

처음으로 저희 회사에 온다지 뭡니까?

아~, 도대체 왜 사랑은 꼭 한꺼번에 밀어닥치는지.

그러다 두 마리 토끼를 다 놓쳐버린 적이 한두 번이 아니거든요.

일단 매순간 최선을 다해야겠다는 생각에

사무실 청소도 하고 특히 제 책상을 중점적으로 깨끗이 치웠죠.

문이 열리고 살짝 고개를 내미는 한 여인.

그런데 영화 속에서나 보던 일이 실제로 일어났습니다.

그녀는 바로 매일 아침 지하철 플랫폼에서 마주치는 그녀였던 거예요.

"아하~, 같은 사람이었던 거예요? 난 그것도 모르고

혼자서 얼마나 양심이 찔렸는데. 어쨌든 다행이에요."

그녀는 아무것도 모르는 표정이지만, 그녀도 곧 알게 될 겁니다.

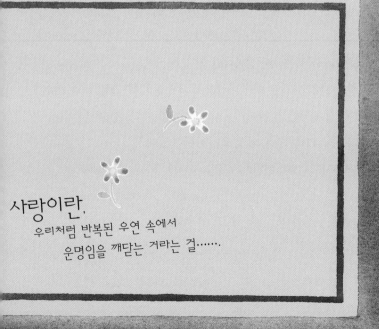

사랑이란,
우리처럼 반복된 우연 속에서
운명임을 깨닫는 거라는 걸……

모르는 척하지 마

평소 심심할 때나 배고플 때, 돈 없을 때만 나를 찾는 그녀.

오늘도 물론 그 중에 하나가 아닐까 하며 전화를 받았습니다.

"오늘은 왜 전화했는데? 심심하냐? 밥 사줄까?

꿔줄 만한 돈은 없으니까 돈 얘기는 하지 말고."

그런데 그녀, 그런 게 아니라며 자기는 나한테 그런 존재밖에 안 되냐고,

섭섭하다고 전화를 확 끊어버리더군요.

전 그냥 평소대로 대했을 뿐인데.

참 여자들은 알 수 없는 존재입니다.

그리고 며칠 동안 연락이 없던 그녀,

거의 성형 미인이라도 된 것처럼 완전히 달라진 모습으로 나타났습니다.

다리를 내보이는 건 죽기보다 싫어하던 그녀가

흰색 스타킹을 신은 것 같은 백색 다리를 드러내 놓고 말이죠.

"너, 왜 그래? 집에 무슨 일 있어?

아니면 어디 아픈 거야? 힘든 일 있으면 나한테 말해."

그런데 그녀, 조용히 저를 어디론가 끌고 가더니 귓속말을 합니다.

모르는 척하지 말라고.

자기가 예뻐서 어쩔 줄 모르는 거 다 안다고.

참 기가 막혀서…….

그런데 솔직히 좀 예뻐 보이긴 했습니다. 아주 조금이요.

사랑이란, 그녀가 장난처럼 하는 대시가 싫지 않은 것.
그녀의 막무가내 사랑이 귀여운 거 보면 저도 그녀를 사랑하는 거 맞죠?

내겐 너무 가벼운 그녀

먹는 걸 너무 좋아하는 그녀,

자다가도 먹는 거라면 벌떡 일어나는 그녀가,

휴가를 앞두고 다이어트에 돌입했답니다.

이유는 단 하나, 휴가 때 비키니 수영복을 입기 위해서라나요?!

하지만 그녀를 말릴 힘이 없는 저로서는

그녀의 다이어트에 동참할 수밖에 없었습니다.

덕분에 안 해본 운동이 없다니까요.

하루는 어디서 무슨 얘기를 듣고 왔는지 다이어트엔 요가가 좋다며

요가에 관한 책을 몇 권 들고 와선 이렇게 해봐라, 저렇게 해봐라

허리가 휘도록 시켜보더니, 이건 자기한테 안 맞는 것 같다며

다음날 바로 헬스클럽에 등록한 그녀.

또 며칠 동안 러닝머신에서 뛰더니 지루해서 못하겠다고 그만두고,

이번엔 풍선을 불면 열량 소비가 된다고 열심히 풍선을 불더니

빈혈이 있는 자기는 현기증이 나서 또 안 되겠다고 합니다.

이젠 안 되겠다 싶어 그녀에게 말했죠.

그녀의 다이어트에 종지부를 찍을 사람이 저 말고 또 있겠습니까?

"네가 뚱뚱해도 널 껴안는 데, 아무 문제없어.

내 팔에 폭~ 안기는 네 사이즈가 난 딱 좋아. 그러니까 더 이상 살 빼지 마."

사랑이란, 풍만한 그녀의 몸매가 아름답다고 얘기해 주는 것.
내겐 너무 가벼운 그녀니까요.

이런 마음도 사랑일까요?

초등학교 때부터 키가 큰 저와 서로 제 짝꿍이 되겠다고

억지로 까치발을 들던 여자 애들이 한두 명이 아니었습니다.

그런데 대학에 들어와서도 이놈의 인기는 사그라들 줄을 모르고

여전히 저를 두고 여자 동기들끼리 은근히 신경전을 벌이고 있는 것 같더군요.

'거참, 잘생긴 건 다들 알아가지고~.'

얼마 전엔 기차를 타고 MT를 가는데,

여자 동기들이 서로 제 옆자리에 앉으려고 했습니다.

그런데 딱 한 사람! 저를 거들떠보지도 않고

오히려 저 때문에 난리 치는 여자 동기들을 우습다는 듯 쳐다보는

그녀의 눈빛이 저에게 포착됐습니다.

이럴 때 킹카로서 '작업 의지' 불끈 솟는 거 아시죠?

그래서 그날 밤 진실 게임을 하면서 그녀를 집중 공격했죠.

"남자 때문에 울어본 적 있냐? 없을 것 같긴 한데. 혹시나 해서~."

그런데 그녀는 저의 질문에 아무 대답도 하지 않고,

벌주만 계속 들이키지 뭡니까? 겁나게시리~.

그런데 끄떡없던 그녀, 어느 순간 픽! 쓰러지기에 봤더니

눈가에 눈물이 흐르고 있더군요.

그녀의 눈물을 보는 순간, 어찌나 마음이 짠~ 하던지,

여자의 눈물에 흔들려보긴 처음이었습니다.

이런 마음도 사랑일까요?

사랑이란, 그녀의 아픈 상처를 감싸주고 싶은 것.

오늘부터 수많은 여성은 정리하고 딱! 한 사람, 그녀만

사랑할 것을 맹세합니다.

#68 Love is,……

기다려달라는 말

오늘은 내 스물일곱 번째 생일. 저와 7년이나 만난 그녀가

뭔가 준비를 하고 있는 것 같은데. 아~, 궁금해 죽겠습니다.

그녀가 기뻐하도록 놀라는 표정을 지어줘야 할 텐데.

연습 좀 해둘 걸 그랬나요? 일단 때 빼고 광부터 내구요.

"음~, 뭘 입을까? 향수는 뭘 뿌리지?

엄마! 나 이거 잘 어울려? 걔가 이거 좋아할까?"

그녀가 좋아하는 하늘색 티셔츠를 입고 그녀에게 전화를 걸었죠.

그런데 휴대폰은 꺼져 있고, 집에서는 나갔다고 하고 도저히 연락이 안 되는 겁니다.

그러다 늦은 밤 걸려온 그녀의 전화,

"지금 좀 나올래? 집 앞이야."

아니, 화낼 사람이 누군데 자기가 먼저 풀이 죽어 전화해서는 걱정을 시키는지.

어쨌든 저는 일단 나갔습니다.

그런데 이 여자, 저를 더 황당하게 했습니다.

"나, 다음 달에 유학 떠나. 미리 말하려고 했는데,

네 얼굴만 보면 도저히 입이 떨어지질 않아서. 미안해."

그리고는 고개를 떨구는 그녀, 그대로 우린 잠시 아무 말도 하지 않은 채

멍하니 앉아 있었습니다. 그러다 그 깊은 정적을 깨고 제가 말했죠.

"야! 어디 죽으러 가냐? 유학 가면 좋잖아.

왜 그렇게 울상인데? 너 유학 가서 한눈팔면 알지? 잘 다녀와.

내가 기다리고 있다는 것만 잊지 말고, 알았지?"

그랬더니 그녀, 갑자기 제게 덥석 안기더니 펑펑 울어버립니다.

사랑이란,

미안해서 도저히 기다려달라는 말을 못하는 거라나요?

그래서 전 말했죠. 사랑하니까 영원히 너만 기다릴 거라고.

함께 채워가는 사진첩

그녀의 웃는 모습이 좋았습니다.

그리고 가끔 생각에 잠겨 있는 그녀의 옆모습도 참 좋았죠.

그래서 그녀의 모습을 제 디지털 카메라에 담기 시작했습니다.

처음엔 어떻게 하면 그녀의 사진을 자연스럽게 찍을 수 있을까 고민하다가

사무실 여직원들을 한 명씩 다 찍어주기 시작했죠.

그러다 보니 자연히 그녀도 찍어달라고 하더군요.

그 덕분에 그녀의 얼굴로 가득한 사진이 앨범 한 권은 됩니다.

창밖을 응시하며 커피를 마시는 옆모습부터

술에 취해 부끄러워하던 발그레한 모습까지

그녀의 모든 것이 제 앨범 속에 고스란히 담겨 있죠.

그런데 다음 주면 2년 계약직을 끝내고 다른 회사로 옮기는 그녀.

저는 그녀에게 줄 선물로 앨범을 생각했습니다.

어차피 갖고 있어봐야 더 보고 싶기만 할 테니 그녀에게 주는 게 낫겠다 싶었죠.

"저기요~, 이거 그쪽 사진이에요. 허락 없이 찍은 사진도 있는데 죄송해요.

이제 그만 주인한테 돌려드릴 게요."

그런데 그녀, 그 앨범을 저보고 맡아달라고 합니다.

그리고 남은 페이지는 우리가 같이 채워갔으면 좋겠다고 하는데

저, 하마터면 사나이 체면에 울 뻔했습니다.

사랑이란,
하나의 사진첩을 함께 채워가는 것.
오늘부터 한 장 한 장 예쁘게 채워가렵니다.

#70 Love is,……

커플링

그녀가 힘이 하나도 없는 목소리로 전화를 했습니다.

그리고는 다짜고짜 죽을죄를 지었다며 용서해 달라는데 저는 당황스럽더군요.

평소 그 대사는 제가 주로 하거든요.

"너, 왜 그래? 네가 그러니까 내가 더 무섭다 야~.

뭘 잘못했다는 거야? 네가 나한테 죽을죄를 지을 게 뭐 있어?

너, 혹시 딴 사람 생겼어?!"

그런데 그녀, 그건 아니라며 뭐든 다 용서해 줄 수 있냐고

그것부터 약속해 달라고 하는 거예요.

그래서 일단은 알았다고 했죠.

그런데 얘기를 듣고 보니 괜히 약속했다 싶었습니다.

제가 열심히 아르바이트해서 모은 돈으로

그렇게 사달라고 조르던 커플링을 사줬는데,

아니 글쎄, 그걸 잃어버렸다지 뭡니까.

게다가 어디서 잃어버렸는지 도대체 기억이 안 난다는 겁니다.

하지만 어쩌겠어요? 덜렁거리는 여자 친구를 둔 제 죄죠.

그래서 그냥 괜찮다고 오히려 그녀를 위로해 줬습니다.

그리고 다음날, 그녀를 만났습니다.

작은 상자 하나를 내밀며 이렇게 말했죠.

"자, 똑같은 반지야. 다음에 또 잃어버리면 그땐 너도 확! 갖다 버린다~. 알았지?"

사랑이란, 그녀가 아무리 죽을죄를 지었어도 그냥 용서가 되는 것.
그녀가 두 번째 반지를 잃어버리면 어떡하냐구요? 또 사주죠 뭐.

콩깍지

퇴근 후 친구 커플이 저녁을 산다기에 그녀와 함께 나갔습니다.

그런데 그녀가, 제가 좋아하는 걸로 고르랍니다.

늘 그녀의 입맛의 노예로 살아온 저에게 갑자기 메뉴를 고르라니 떨리더군요.

"정말? 내가 골라도 돼? 그럼 우리 자기가 좋아하는 산낙지 먹으러 갈까?

산낙지가 꼬물꼬물 움직이는 거 좋아하잖아~."

그런데 제 친구의 애인, 식당에 들어서면서부터 몸을 비비 꼬며

이걸 어떻게 먹냐고 눈살을 찌푸리는 겁니다.

그 순간 옆에서 듬직하게 산낙지를 시키는 나의 그녀, 참으로 씩씩해 보이더군요.

"아줌마, 여기 산낙지하고 소주 일 병이요!"

"자기야, 한 병 갖고 되겠어? 자기 주량이 얼만데!"

그랬더니 그녀, 갑자기 절 흘겨보며 아닌 척 내숭을 떨더군요.

이미 '소주 일 병이요'라고 할 때부터 이미지는 무너진 지 오랜데……

어쨌든 끝까지 고개를 절레절레 흔들며 절대 산낙지를 먹지 않는

친구의 애인 덕분에

자기는 2인분이나 먹었다며 좋아하는 그녀.

그런데 이런 그녀가 전 왜 이렇게 사랑스러울까요?

남들은 여자답지 못하다고, 매력 없지 않냐고 하지만

전 그녀의 털털하고 자연스런 모습이 너무 좋습니다.

사랑이란, 뭐 있나요? 제 눈에 예쁜 여자면 되는 것 아닌가요?

기나긴 전쟁

친구에게 갑자기 미팅을 하라며 전화가 왔습니다.

인원 수가 안 맞아서 그러니 얼른 나와서 머릿수 좀 채워달라나요?

"야! 너, 내가 나갔다가 여자들이 다 나 찍으면 어쩌려고 그러냐?

너 실수하는 거야~. 자식!"

말은 이렇게 했지만 사실 너무 오랜만에 들어온 미팅이라 정말 떨렸습니다.

뭘 입고 나가야 할지 허둥지둥, 왔다 갔다, 하도 정신없게 굴어서

엄마한테 등도 몇 대 맞았지만 하나도 아프지 않았다니까요.

어쨌든 오랜만에 설레는 마음으로 미팅 장소에 나갔습니다.

그런데 내 눈에 딱 들어오는 그녀!

저는 그 여인을 마음에 찍고 그녀를 집중 공략했습니다.

"저에 대한 느낌이 어떤지, 제가 보기를 드릴 테니까

하나만 골라보시겠어요?

1번 - 첫눈에 반했다, 2번 - 또 만나고 싶다,

3번 - 딱! 내 이상형이다, 4번 - 이건 운명이다.

자, 고르시죠?"

그랬더니 그녀, 보기에 없는 걸 고르더군요.

"5번 – 많이 아파 보인다!"

에고~, 스타일 완전 구겨졌죠 뭐~.

하지만 거기서 포기하면 그건 진정한 사랑이 아니죠.

저, 내일부터 그녀의 학교 앞에서 그녀를 기다릴 생각입니다.

사랑이란, 그녀가 내 진심을 알아줄 때까지
1인 시위도 마다하지 않는 것. 그만큼 기나긴 전쟁이니까요.

짧은 순간, 분명한 느낌!

일요일 오후를 무료하게 보내고 있던 중

할 일도 없고 심심해서 도저히 참을 수가 없더군요.

그래서 모자 하나 푹 눌러쓰고 동네 비디오 가게에 갔습니다.

"아, 어젯밤에 빌려놓는 건데. 대낮에 나오니까

백수 같고 영~ 스타일 안 사는 구만 이거~."

누가 볼까 무서워 서둘러 비디오 가게로 뛰어들어간 나.

얼른 하나 집어들고 나오려는데, 마침 보고 싶던 영화가 있는 겁니다.

그런데 거꾸로 꽂혀 있는 게 누가 대여해 갔더라구요.

꼭 보고 싶은 거라고, 어떻게 안 되겠냐고 했더니

주인 아주머니가 잠깐 기다려보랍니다.

전화를 해보시겠다고.

10분 후, 차분하고 고운 자태로 나타난 한 여인,

미안하다며 제 두 손에 비디오 테이프를 살포시 쥐어주더군요.

"아니오, 제가 죄송합니다. 제가 가지러 가도 되는데.

여기까지 나오시게 해서 죄송합니다. 그런데 어디 사세요?"

(오잉? 내가 지금 뭐라고 하는 거야?)

어쨌든 전 그날 그녀에게 꽂힌 이후로

그 비디오 가게에서 아르바이트합니다.

비디오 수거맨으로!

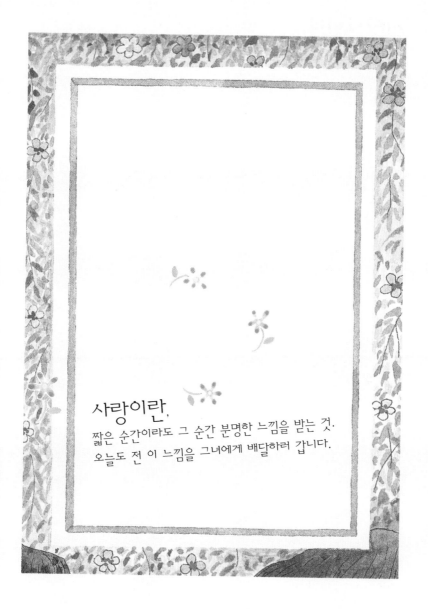

사랑이란,

짧은 순간이라도 그 순간 분명한 느낌을 받는 것.
오늘도 전 이 느낌을 그녀에게 배달하러 갑니다.

사랑하니까

무엇 때문에 화가 났는지,

밤중에 불러놓고는 벌써 한 시간째 아무 말이 없습니다.

아무래도 도저히 입을 열 것 같지도 않고

앉아 있는 게 가시방석 같아서 전 그랬죠.

"뭐야, 자려는 사람 불러내고! 할 말 없으면 일어나지!?"

그랬더니 그녀, 그때부터 훌쩍훌쩍 울기 시작합니다.

어떻게 그럴 수 있냐고, 자기를 사랑한다면 그럴 수는 없는 거라고.

그러면서 난 이미 다 잊어버린 옛날 일까지 하나씩 끄집어내서는

섭섭한 걸 얘기하는데.

'또 시작이구나~' 싶더군요.

솔직히 제가 잘못한 거라고는

아까 저녁때 그녀가 분위기 있는 레스토랑 가고 싶다는 걸,

시원한 냉면이나 먹자면서 냉면집에 간 것뿐인데.

그게 사랑이 변해서 그런 거랍니다.

예전엔 자기가 원하는 거라면 뭐든 다 해줬는데

요즘은 사랑이 식어서 그런 거라나요?

"참 나, 그것 때문이었어? 그럼 냉면이 싫다고 하지.

알았어, 알았어. 내가 잘못했에! 지금이라도 칼질하러 가자!

내가 일주일 내내 스테이크 먹게 해줄게~.

그러니까 그만 울어라~ 응?!"

일단 울음을 그치게 하려고 이렇게 말하긴 했지만

여자들은 참 이상한 것 같아요. 싫으면 싫다고 그때 말을 하지,

꼭 괜찮다고 해놓고는 나중에 섭섭하다고 하거든요.

사랑이란, 아직도 그녀에 대해 알 수 없는 게 많은 것.

하지만 사랑하니까 다 이해해 줄래요~.

그녀의 생일날

그녀가 생일날 친구들과 저녁을 먹는다고 하더군요.

그래서 그곳을 찾아갔죠. 명색이 남자 친군데 멋지게 나타나서

저녁 값 내주고 또 멋지게 사라져주는 거, 폼 나잖아요.

그렇게 폼 잡고 들어선 그녀의 생일파티 장소.

들어서자마자 친구들의 질문 공세가 꼬리에 꼬리를 물더군요.

그런데 제가 대답하기도 전에 그녀들은 이미 답을 다 알고 있었습니다.

첫키스는 집 앞에서 하다가 부모님한테 들켜서 민망했겠다,

생일 선물로 송혜교의 곰 세 마리 춤을 춰줬다고 들었다면서,

혹시 지금 여기선 안 되겠냐,

하나부터 열까지 세세히 알고 있는 그녀의 친구들.

저는 더 이상 그 자리에 못 앉아 있겠다 싶어서 얼른 서둘러 나왔습니다.

그리고 그날 저녁 그녀에게 전화를 걸었죠.

"아니, 어떻게 우리 사이의 일을 친구들이 다 알아?

시시콜콜 다 얘기하는 거야? 나, 아까 창피해서 죽는 줄 알았어~."

그런데 그녀, 남자들은 친구들끼리 만나면 그런 얘기 안 하냐고

그런 얘기 안 하면 만나서 도대체 무슨 얘길 하냐고

오히려 저를 이해하지 못하겠다고 하더군요.

여자들은 정말 친구들끼리 연애담을 다 얘기하나요?

남자들은 웬만하면 잘 안 하는데······.

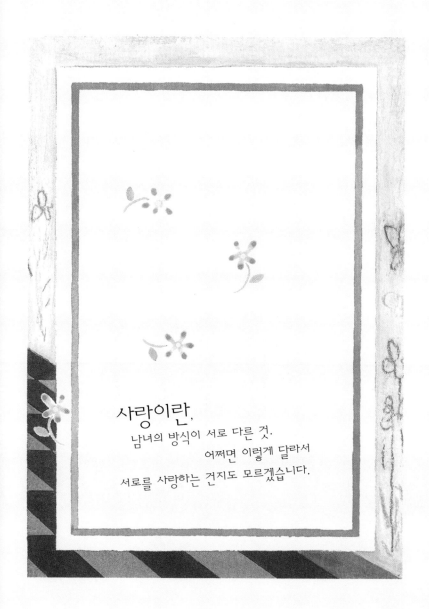

사랑이란,

남녀의 방식이 서로 다른 것.

어쩌면 이렇게 달라서

서로를 사랑하는 건지도 모르겠습니다.

#4 Love is,··

처음엔 그냥 좋은

#4 Love is ......

친구 사이였습니다

이렇게 웃고 있잖아

공항에서 근무하면서 떠나고, 그리고 다시 돌아오는 수없이
많은 사람들을 봤습니다.
떠나는 사람과 남는 사람, 어떤 사연이든 헤어짐의 아쉬움은
늘 눈물을 동반하고, 서로의 안부를 걱정하며 떠나고, 보내고,
옆에서 지켜보며 가슴 뭉클할 때가 많습니다.
그래도 신혼여행 떠나는 새신랑 새신부를 보는 건,
마냥 즐겁고 부럽습니다.
누가 봐도 알 수 있는 진한 신부 화장, 커플 옷 나란히 입은 신랑 신부의 뒤로
과일 바구니 들고 우르르 따라오는 무리를 보면,

'아~ 나도 빨리 장가가고 싶다……' 하는 생각에

한숨이 절로 나옵니다.

그런데 오늘은 한 신혼부부를 보며 가슴으로 울었습니다
정말 세상에서 가장 예쁘고 아름다운 신부를 봤거든요.
한때 내 삶의 전부였던 그녀.
그리고 불과 몇 시간 전,
다른 남자의 아내가 되어버린 그녀.

왜 하필 그녀와 마주치게 된 건지 하늘이 원망스러웠지만,

그 뜻은 알겠더군요.

'그래, 다시 한번 확인하려고 그러시는 걸 거야.

제가 그녀를 확실하게 잊은 건지 마지막 시험을 해보시려는 거죠?

아, 참~ 다 잊었다니까요! 이…… 이봐요, 이렇게 웃고 있잖아요…….'

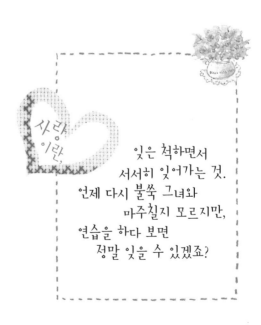

사랑이란,

잊은 척하면서
서서히 잊어가는 것.
언제 다시 불쑥 그녀와
마주칠지 모르지만,
연습을 하다 보면
정말 잊을 수 있겠죠?

#77 Love is,……

초등학교 동창회

초등학교 동창회가 있다는 연락을 받고 마음이 들떴습니다.

늘 멀리서만 봐야 했던 그녀, 혼자 마음에 담아두었던 그녀,

그녀가 온다는 소식에 갑자기 마음이 바빠졌죠.

그녀는 저보다 키가 훨씬 컸기 때문에 그녀와 짝 한번 해보지 못했고,

늘 키 큰 친구들과 놀아서, 어쩌면 저란 존재 자체를 기억 못할지도 모릅니다.

하지만 그녀가 절 기억 못한다고 해도 제가 그녀를 기억하니까,

아니, 늘 그리워하고 있었으니까 그걸로 충분히 기대가 됐어요.

동창회 당일, 있는 옷 중에 제일 멋진 옷으로 골라 입고 나갔죠.

그녀도 와 있더군요. 다른 친구들과 자연스럽게 인사했습니다.

"어, 야! 예진이, 진호도 왔구나!

그런데 두꺼비는? 두꺼비 녀석도 온다더니?"

그렇게 친구 녀석들에게 섞이려는데 그녀, 절 전혀 모르겠는지

옆 친구에게 '쟤, 누구야' 라고 묻더군요.

완전 허탈! 녁 다운!

그 소리를 듣고, 도저히 먼저 아는 척을 못하겠더라구요.

그 날 전 맨 구석 자리에 앉아,

반대편 끝에 앉아 있는 그녀를 몰래 훔쳐봐야만 했습니다.

학창 시절에도 키 차이가 많이 나서

늘 뒤꿈치를 들고 그녀를 찾았어야 했는데,

오늘도 여전히 제 시선은 그녀를 찾고 있습니다.

사랑이란,

마음을 감추고 훔쳐봐야 하는 것.
하지만 이렇게라도 그녀를 볼 수 있어서
행복합니다.

심장 뛰는 소리

아침이면 일단 메신저로 수다 떨고, 서로의 미니 홈피를 통해

스케줄을 다 알고 있다 보니, 언제부턴가 제가 모르는 스케줄이

생겼다고 하면 무슨 일인지 꼬치꼬치 묻게 됐습니다.

하지만 그때까지도 몰랐습니다. 제 마음이 그녀를 향하고 있는지는.

그냥 단지 친오빠 같은 마음으로 걱정하는 정도라고 생각했죠.

그런데 오늘 오랜만에 술 한잔 사달라며 전화한 그녀,

회사에서 무슨 일이 있었는지 속상해하며 술잔을 들이키는데,

저는 조용히 그녀의 이야기만 들어주었습니다.

"그래……, 아무것도 묻지 않을게.

네가 말하고 싶을 때 말해. 대신 술만 먹지 말고 안주도 좀 먹어.

그러다 너, 속 다 버린다. 자~, 이거 먹어봐~."

그녀를 챙겨주고, 저도 한잔 마셨습니다.

그랬더니 그녀, 그제야 속상했던 일들을 털어놓으며 역시 저밖에 없다고,

영원히 친구 하자는데, 그 말에 좀 화가 나더라구요.

'왜 난 친구밖에 안 되는 걸까……'

하지만 그녀에게 아무 말도 못하고,

일단 취한 그녀를 집에 데려다주려고 택시에 탔습니다.

그런데 가누지 못하는 몸을 제게 스르르 기대는 그녀.

그때부터 제 심장이 뛰기 시작해서,

지금까지도 숨이 제대로 쉬어지질 않습니다.

사랑이란,

요동치는 심장 박동수로 느껴지는 것.
잠든 그녀가
요란한 제 심장 뛰는 소리에 깰까 봐,
더 두근거렸던 것 같아요.

내 사랑처럼

언제부턴가 메일이 들어오는데, 아무래도 잘못 오는 것 같습니다.

처음에는 그냥 무심코 삭제하다가,

궁금증이 생겨서 한번 읽어봤죠.

그런데 그 내용이 심상치가 않더라구요.

남녀가 이별한 후, 여자가 남자를 잊지 못하고 다시 메일을 보낸 거였는데,

읽어보니까 남자가 좀 못됐다 싶은 생각이 들더군요.

다른 여자가 생겨서 이 여자를 차 버린 모양인데,

아니, 같은 남자가 봐도 정말 몹쓸 놈이더라구요.

만약 그 남자가 제 여동생 애인이라도 됐다면

당장에 쫓아가서 가만 두지 않았을 겁니다.

그런데 오늘 온 메일이 결정적이었습니다.

수신 확인을 해보니, 자신의 편지는 읽고 있는 것 같은데,

어떻게 답장 한번 없냐, 답장을 바라고 쓴 건 아니지만,

기다림은 어쩔 수 없더라는 여자의 글이, 제 마음을 울리더라구요.

그래서 저는 그녀에게 메일을 썼습니다.

그 남자가 되어서.

'미안하다. 제발 날 잊고 잘 살아라. 너의 행복을 빈다.'

제 진심을 담아, 그 남자의 이름을 빌어 메일을 보냈습니다.

그 편지가, 그녀의 새로운 출발에 도움이 됐으면 좋겠습니다.

아~ 사랑이 도대체 뭐기에 이렇게 힘든 데도 하고 싶은 걸까요?

사랑이란,

다른 사람의 아픔도 내 사랑처럼 가슴 아플 수 있는 것.
사랑을 해본 사람은 누구나 그 마음을 알 수 있는 거니까요.

녹음테이프

새벽 라디오 프로그램을 좋아하는 그녀.

하지만 2교대로 근무하다 보면 못 듣는 날도 있기 때문에

제가 녹음해서 주곤 합니다.

가끔 직접 만나서 주기도 하고,

그럴 수 없을 땐 소포로 보내 주기도 하는데

그녀는 퇴근하고 집에 돌아왔을 때,

책상 위에 놓여진 소포를 보면 너무 행복하다고,

웬만하면 만나지 말자는 농담까지 하곤 하죠.

그러면 저는 그래요.

"그 핑계로 바쁜 네 얼굴 한번 보는 건데

네 얼굴도 못 보면 내가 무슨 낙으로 녹음하냐?"

그럼 또 그녀는 그러죠.

닭살 멘트 집어치우라며, 또 그 무뚝뚝함으로 저를 나무라지요.

그래서 저 오늘, 큰 사고 한번 치려고요.

녹음테이프에 제 고백을 담아볼까 합니다.

좀 떨리지만, 직접 보고 말하다가 심장마비 걸려 쓰러지는 것보단 낫잖아요.

"아, 아, 마이크 테스트…… 체킷 아웃!

음…… 저기, 지금부터 내가 하는 말 잘 들어. 저기 있잖아……."

사랑이란,

대단한 용기가 필요한 것.
혹시 제 마음을 안 받아준다면
다시는 녹음 안 해줄 거라고
협박이라도 할 거예요.

#81 Love is,……

그녀의 청첩장

대학 선배의 결혼식이 있어서 그곳에 갔습니다.

그런데 혹시나 했더니 그녀도 와 있더군요.

헤어진 지 2년 만에 처음 보는 그녀.

그녀는 여전히 아름다웠습니다.

아는 척을 할까 말까, 혹시 그녀가 어색해할까 봐 갈등을 하고 있었죠.

그런데 먼저 다가오는 그녀, 잘 지냈냐고 인사를 건네는데

그녀의 핸드백 틈으로 하얀 봉투가 보이더군요.

순간 스쳐 지나는 느낌으로 그녀의 청첩장임을 알 수 있었습니다.

그런데 그녀, 저한테는 청첩장을 주지 않고 오히려 서둘러 가방을 닫는데

왠지 그 모습이 더 가슴 아팠습니다.

그녀가 애써 감추기에, 저도 모른 척해 줬죠.

"훨씬 예뻐진 것 같은데~. 좋은 사람 생겼나 봐? 하긴……

넌 예전에도 나만 아니었으면 훨씬 좋은 사람 만날 수 있었지."

그랬더니 그녀, 어색한 미소만 지으며 잘 지내라는 한 마디 건네고

다른 곳으로 가버리더군요.

그때 전 그녀의 뒷모습을 보며 속으로 말했습니다.

'행복해야 돼. 넌 충분히 사랑스런 여자니까.'

사랑이란, 떠나가는 그 사람의 뒷모습을 보며 행복을 빌어주는 것,
우린 어쩔 수 없이 이별했을 뿐 서로를 원망하지는 않으니까요.

기회를 찬스로 만드는 것

그녀는 저보다 세 살이 많습니다.

하지만 하는 행동은 어린아이처럼 순수하고

동생처럼 귀여운 그녀를 저는 사랑하고 있습니다.

그런데 이번에 고등학교 동창 녀석들이 커플 모임을 한다고 합니다.

그래서 저는 그녀에게 전화를 했습니다.

"누나, 오늘 나랑 데이트 안 할래? 친구 녀석들이 여자 친구 없다고 놀리잖아.

그래서 내가 홧김에 여자 친구 있다고 해버렸거든.

오늘 하루 내 파트너 좀 해주라. 응?"

할 일도 없던 차에 공짜 술 얻어먹고 좋겠다며

흔쾌히 허락하는 그녀, 역시 그녀는 화끈합니다.

제가 그녀를 사랑하는 이유 중에 하나죠.

그런데 그게 기회가 될 줄이야. 게임을 하다가 저희 둘이 걸렸는데,

글쎄 벌칙이 뽀뽀하는 거라지 뭡니까?

그녀, 저에게 정말 하는 척만 하자고 눈짓을 보냈지만,

저는 이때다 싶어 진짜로 그녀에게 키스를 해버렸습니다.

당황한 그녀, 큰 눈을 더 크게 뜨며 아무 말도 못합니다.
수줍게 붉어진 그녀의 양 볼이 오늘따라 더 사랑스럽기만 하네요.

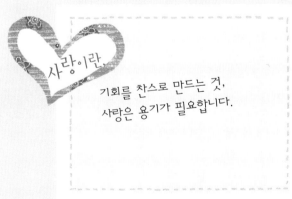

사랑이란,

기회를 찬스로 만드는 것,
사랑은 용기가 필요합니다.

인연의 끈

아버지가 다쳐 병원에 입원하셨다는 전화를 받고 부리나케 달려갔습니다.

그런데 병실로 들어서는 순간, 숨이 턱! 막혀버렸습니다.

꿈에서나 보던 정말 말로만 듣던 백의의 천사가 바로 제 앞에 있었으니까요.

첫눈에 반해 버린 그녀를 보기 위해

저는 다음날부터 매일 아버지 간호를 도맡아 했습니다.

"내가 아버지 간호할 게. 다들 직장도 나가야 되고,

난 대리 출석 부탁하면 되니까, 괜찮아. 어서들 가."

그날부터 저는 효자로 다시 태어났습니다.

같은 병실의 어른들은 요즘 애들 같지 않고 너무 착하다며 칭찬하셨고

그 소문은 제가 의도한 대로 그녀에게까지 전해졌죠.

그리고 한 달 뒤 아버지는 퇴원을 하셨고,

가끔 아버지가 어디 조금이라도

불편하다고 하시면 저는

그녀에게 바로 전화를 걸어 물어봅니다.

어떻게든 그녀에게 연락할

건수를 만들기 위해서죠.

오늘은 또 어떤 핑계를 대고

그녀에게 전화를 걸까요?

사랑이란,

그녀와의 인연을
만들어가는 것.
어떤 핑계를 대고서라도
인연의 끈을
놓지 않는 거니까요.

난 널 믿지!

밤마다 굿 나잇 전화를 하던 그녀가, 요즘 며칠째 뜸하다 싶더니
오늘도 역시 잊어버렸나 봅니다.

그래서 제가 먼저 문자메시지를 보내고 침대에 눕는데,

"띠링띠링~" 답이 왔습니다.

그녀인가 했더니 친구의 문자더군요.

지금 그녀가 다른 남자와 함께 있다고.

그것도 분위기 있게 술을 마시며.

순간 잠이 확 달아났지만, 침착하게 심호흡부터 했습니다.

'녀석이 잘못 본 걸 거야. 그럼! 잘못 본 거지. 아닐 거야. 아니겠지?'

혼자 주문을 외우듯, 스스로를 위로하며 억지로 잠을 청했지만

거의 뜬눈으로 밤을 새우고 말았습니다.

그리고 기다리던 아침이 오고, 저는 점심때까지 꾹꾹 참다가

그녀에게 전화를 걸었죠.

"점심은? 어, 먹는 중이었어? 그런데 어젯밤에 혹시 강남에 있었어?
누가 너랑 비슷한 사람을 봤다고 하기에."

그런데 그녀, 친구가 소개팅 대타 좀 해달라고 해서 나갔었다고
괜한 오해는 하지 말라고 합니다.

그리고 저더러 밤새 고민하다가 이제야 겨우 전화한 거냐며
저를 걱정하더군요.
"아니, 나는 그냥……, 물론 널 믿는데 혹시나,
정말 혹시나 해서 물어본 거야. 난 널 믿지!"

사랑이란,

가끔 의심도 필요한 것 아닌가요?
무조건적인 믿음은
무관심이 될 수도 있잖아요.

#85 Love is,……

사랑의 메신저

그녀가 조용히 할 말이 있다며

주말 데이트 신청을 해도 되겠냐고 연락이 왔습니다.

안 그래도 심심하던 차에 잘 됐다고 얼씨구나 좋다고 나갔죠.

그런데 커피숍 안으로 들어서면서부터 왠지 이상한 기운이

맴돈다 했더니 그녀가 벼락 같은 소리를 내뱉더군요.

제 친구를 좋아하고 있으니 저보고 도와달라고.

아니, 전 지금껏 그녀가 저에게 더 편하게 대하고 친하게 굴기에,

저한테 마음이 있는 줄 알고 고백할 타이밍만 노리고 있었는데

뜬금없이 제 친구라뇨?

정말 당황스러웠지만 저는 이미 다 알고 있었다는 듯이 냉정하게 대처했습니다.

그런데 솔직히 표정 관리는 안 되더군요.

"어……, 역시 그랬던 거지? 내가 원래 눈치 백단 아니냐!

진작에 그럴 줄 알았다니까. 걱정 마. 둘이 잘~ 되게

내가 중간 다리 역할 확실하게 해줄게."

그리고 전 그날 이후로, 쓰린 속을 달래기 위해

몇 날 며칠을 소주를 삼켜야 했습니다.

하지만 이젠 남자답게 실연의 아픔은 깨끗이 잊고

제 친구랑 그녀랑 예쁜 사랑할 수 있도록

사랑의 메신저가 되어줄 겁니다.

가끔 큐피드의 화살이 빗나가기도 하는 것.

제 반쪽은 이제부터 다시 찾으면 되죠 뭐.

사랑이란,

질투심 작전

그녀가 그랬습니다. 제 웃는 얼굴이 좋다고.

그녀가 그랬었죠. 제 낮은 목소리가 좋다고.

그녀가 그랬던 것 같아요. 제 넓은 어깨가 좋다고.

그랬던 그녀가……, 언제부턴가 저는 거들떠보지도 않고,

드라마에 나오는 멋진 남자 배우들한테만 푹~ 빠져서는

저는 완전히 찬밥 신세가 되어버렸습니다.

그래서 어느 날 저도 질투심 작전을 써보기로 했습니다.

"야, 이은주 너무 예쁘지 않냐? 입술 옆에 점이 너무 매력 있는 것 같애.

너도 점 하나 그려넣지 그래? 어디 봐봐, 내가 그려줄게."

그런데 그날 이후로, 그녀가 밤 10시만 되면 전화를 해서는

한 시간 내내 수화기를 붙잡고 놓지를 않습니다.

"나, 드라마 봐야 돼. 드라마 끝나고 전화하자. 엉?"

그래도 막무가내로 할 말이 있다며 끝까지 전화를 끊지 않는 귀여운 그녀.

저는 압니다.

그녀가 저를 사랑하는 만큼 드라마 속 여배우에게 질투를 느끼고 있다는 걸.

사랑이란, 그녀의 질투가 한없이 사랑스러워서
자꾸 장난치고 싶은 것! 그런 사랑이 행복하기만 합니다.

말괄량이 그녀가 요조숙녀로

하루에도 열두 번씩 싸우고 화해하고

우린 그렇게 사랑싸움을 밥 먹듯 하는 커플이었습니다.

그런데 오늘따라 유난히 다소곳하게 내 말에 무조건 따르는 그녀,

왠지 겁이 났습니다.

'얘가 왜 이러지? 갑자기 이러면 이거 안 좋은 징조인데…….'

다른 때 같으면 제가 하자고 하는 건 무조건 딴지를 걸던 그녀가,

갑자기 요조숙녀가 되어버렸으니 정말 이상했던 거죠.

"너 왜 그래? 야, 하던 대로 해. 너한테 안 어울려."

그런데 그녀, 계속 눈을 아래로 깔고는 내가 시키는 대로 하겠다며,

두 손까지 곱게 모으고 앉아 있는데…….

저, 도저히 못 참을 것 같아서, 도대체 왜 그런지 자세히 얘기를 들어봤습니다.

그랬더니 얼마 전에 친구가 자기처럼 남자 친구한테 함부로 하다가 차였다며,

자기도 그럴까 봐 이제부턴 착하게 말 잘 듣겠다고 하는데

그 모습이 어찌나 귀엽던지.

이런 여자 친구를 제가 어떻게 차버리겠습니까?

✖✖✖✖✖✖✖✖✖✖✖✖✖✖✖✖✖✖✖✖ *사랑이란* ✖✖✖✖

말괄량이 그녀도 나를 위해 요조숙녀가 되어주는 것.
그런 그녀 때문에 저는 행복합니다.

나도 소개시켜 줘

어느 날 동생이, 갑자기 제 친구 이름을 들먹이면서

그 오빠, 여자 친구 생겼냐고 묻더군요.

없으면 자기 친구를 소개시켜 주고 싶다고.

순간, 열 받네요. 아니, 지 오빠도 독수공방 솔로 인생인데,

어떻게 제 친구부터 챙기냔 말이죠.

"야! 나두 여자 친구 없어. 나부터 좀 해주라~. 잉?"

그런데 동생이란 게 오빠를 한방에 보내버리더군요.

저는 어떤 이유를 다 떠나서 일단 배가 나와서 안 된다는 거예요.

일단 그 뱃살부터 집어넣고 오면 그때 가서 생각해 보겠다는데

순간 숨 참느라 혼났습니다.

"흠! 내가 배가 나오긴 뭐가 나왔다고 그러냐?

이 정도는 다 기본이야. 네 남자 친구도 없는 거 같지?

파~헉헉! 너 갑자기 배 찔러봐라. 물컹할 걸."

하지만 전 알고 있습니다. 제 동생 남자 친구의 운동으로

단련된 단단한 근육을. 억지 써봐야 저만 더 비참해지는 거죠.

사랑이란, 뱃살 빼기부터 성공해야 시작할 수 있는 것.
진정코, 제 뱃살을 사랑해 줄 여자는 없는 건가요?

있을 때 잘해 주는 것

평소 무뚝뚝하기로 소문난 남자,

화이트데이 때 사탕 하나 줄 줄 모르고, 생일날 꽃 한 송이 안겨주지 못하고,

기념일이라고는 절대 못 챙기는 남자, 바로 저란 놈입니다.

그런 남자를 뭐가 좋다고 한번의 투정도 없이

늘 한결같이 지켜봐 주는 마음씨 착하고 예쁜 그녀,

제가 사랑하는 여자죠.

그렇게 저를 한없이 이해해 주던 그녀가 오늘따라 갑자기 이상한 말만 합니다.

만약 자기가 없어도 잘 지내라고.

아플 땐 주사 맞기 싫다고 그냥 참지 말고 꼭 병원 가고,

배고프면 귀찮아도 꼭 밥 챙겨 먹고 라면으로 때우지 말라고.

"왜 그래 너~? 네가 그러니까 겁난다 야~.

그렇게 걱정되면 네가 옆에서 다 챙겨주면 되잖아."

그런데 제 농담에도 그녀는 웃지 않습니다.

아무래도 단단히 결심을 한 모양입니다.

이젠 정말 저와 헤어질 마음을 먹었나 봅니다.

저 어떡하면 좋죠?

✕✕✕✕✕✕✕✕✕✕✕✕✕✕✕✕✕✕✕✕✕✕✕ *사랑이란,* ✕✕✕✕

뒤늦게 후회해도 소용없는 것,

그녀가 옆에 있을 때 잘해 줘야 하는 것 같습니다.

사랑의 또 다른 이름, 질투

처음엔 그냥 좋은 친구 사이였습니다.

그런데 어느 날 그녀가 오더니 남자 친구가 생겼다고 자랑을 하는데

속으로 울컥 뭔가 치밀어오르더군요.

"야야, 남자는 남자가 봐야 되는 거야. 데리고 와봐.

내가 봐서 아니면, 너 그 남자랑 바로 끝내는 거다. 알았지?"

그녀는 신이 나서 알았다며 얼른 날짜를 잡자고 하는데

너무 얄미워서 정말 한 대 쥐어 박아주고 싶었습니다.

며칠 후 약속 장소에서 만난 그녀의 남자 친구라는 그 녀석.

남자가 봐도 잘생기고 매너 좋고 거기다 그녀가 가장 중요하게

생각하는 조건 중의 하나인 180센티미터가 넘는 키에

저는 완전히 기가 죽었습니다.

하지만 사나이 자존심에 그대로 무너질 순 없기에

그녀가 자리를 비운 틈을 타, 한마디 했습니다.

"여보쇼 형씨! 저 녀석이 괜히 나 질투심 자극시키려고

형씨를 이용한 모양인데, 내가 대신 사과할 테니, 그만 가보쇼!"

그런데 그 남자, 겁먹기는커녕 저를 보고 웃는 거였습니다.

사실은 자기가 그녀의 오빠라고.

남자 친구 보여주겠다고 해서 나온 거라고.

저는 그날 완전히 그녀에게 당한 충격으로 지금도 정신이 멍합니다.

하지만 그 남자가 그녀의 오빠인 건 정말 천만다행이죠.

사랑이란, 그 사람 옆에 나 아닌 다른 누군가가 있을 때
절대 못 참는 것.
그게 바로 사랑의 또 다른 이름인 질투라는 거니까요.

군화와 고무신을 거꾸로 신지 않는 것

그녀와 전, 대학교 새내기 첫 오리엔테이션 시간에 만났습니다.

그런데 운명처럼 그녀가 제 맞은편에 앉게 됐고,

전 그녀에게 첫눈에 반해 버렸죠.

그날 이후로 전 그녀를 졸졸 따라다니며

그녀의 좋은 친구로 항상 옆에 있었습니다.

그러던 어느 날, 그녀와 함께 도서관에서 공부를 하고 나오는데

아직은 쌀쌀한 초봄 날씨라 바람이 많이 부는 거였습니다.

그래서 저는 그쪽으로 부는 바람을 막아주고 싶어서

그녀의 뒤에서 천천히 걸어갔죠.

그런데 갑자기 그녀, 뒤돌아보더니 손을 내밀었습니다.

"안 잡을 거야? 다시 마음 바뀌기 전에 얼른 잡아!"

"어······ 어, 그래."

"날 위해 바람을 막아주는 남자는 네가 처음이야. 고마워."

"그럼, 내가 평생 네 바람막이가 되어줄까?"

이때다 싶어 불쑥 뱉어버린, 그녀를 향한 제 마음에

그녀는 말없이 제 손을 더 꼭 잡아주는 걸로 대답을 대신하는 듯했습니다.

그날 이후로 우린 자연스럽게 둘만의 연인이 되었고

지금은 제가 힘든 군대 생활을 견딜 수 있도록

언제나 변함없이 그 모습 그대로 저를 기다려주고 있습니다.

사랑이란, 기다림이 아닐까요? 서로의 마음을 믿고
군화와 고무신을 거꾸로 신지 않는 것. 그게 진짜 사랑이죠.

사랑 쿠폰

그녀는 나를 위해 언제나 웃어주는 사람이었습니다.

그녀는 나를 위해 항상 잘 참아주는 사람이었고

그녀는 자신을 사랑하지 않는 나를 기다리며

늘 아무 말없이 뒤에 서 있던 사람이었습니다.

한번은 제가 너무 힘들어보인다며 그녀가 선물을 주었습니다.

작은 상자였는데 열어보니

하나하나 직접 정성스럽게 적은 쿠폰이었습니다.

"짜증날 때 실컷 화풀이하기!"

"먹고 싶은 것 질릴 때까지 사주기!"

"언제 어디서든 부르면 달려오기!"

그녀가 너무 보고 싶은 지금.

종이 한 장을 만지작거리며 그때를 그리워합니다.

마지막 남은 쿠폰 한 장은 바로, "언제 어디서든 부르면 달려오기!"

유통기한도 지난 쿠폰이지만,

그녀에게 전화하면 금방이라도 그녀가 달려올 것만 같습니다.

시간이 지날수록 그녀에 대한 그리움이 커져만 가는 걸 보면…….

사랑이란, 언제나 그 소중함을 뒤늦게 깨닫는 건가 봅니다.

잃어버린 미소

요즘 들어 그녀가 잘 웃지를 않습니다.

평소 내가 어설픈 성대모사에, 유행 다 지난 썰렁한 유머를 해도

소리 내어 웃어주던 그녀가, 이젠 아예 웃음을 잃어버렸나 봅니다.

도대체 왜 그럴까. 며칠 동안 그녀를 지켜봤습니다.

그랬더니 그녀에게 남자 친구가 생긴 거였더군요.

그런데 그 사람이 그녀를 좀 힘들게 하나 봅니다.

매일 그 사람의 전화만 기다리고, 그러다 전화 한 통 받으면,

좋아라 하루 종일 웃지만, 며칠째 깜깜 무소식이면

금방이라도 울 것처럼 눈이 촉촉해지는 그녀.

그런 그녀를 위해서 뭐든 해야겠다고 생각했습니다.

그녀의 잃어버린 미소를 찾아주기 위해서 어떻게든 해야 했습니다.

"나 좀 봐봐. 띠리리리~. 웃기지? 웃기지? 또 다른 거 해볼까?"

드디어 그녀가 웃었습니다.

아주 잠깐, 나와 눈을 마주치며 웃었지만,

저는 그것으로 충분하다고 생각했습니다.

✖✖✖✖✖✖✖✖✖✖✖✖✖✖✖✖✖✖✖✖✖✖ 사랑이란 ✖✖✖✖

그녀를 늘 웃게 하고 싶은 것.

다른 남자 때문에 슬퍼한다 해도, 나 때문에 웃게 하고 싶은 거니까요.

아파도 좋아

신입생 때부터 짝사랑해 온 선배 누나. 그녀는 늘 건강을 자신하며

자기가 튼튼하다고 큰소리 치지만 저에겐 한없이 연약해 보입니다.

그런데 어느 날 감기에 걸렸는지, 도서관에서 계속 콜록콜록 기침을 해대는 겁니다.

그녀를 사랑하는 저의 가슴은 찢어졌죠.

그러니 가만히 있을 수가 있나요?

마음이 급한 대로, 친구한테 스쿠터를 빌려, 빗속을 헤치고 약국을 향해 달렸죠.

더 늦었다간 약국 문을 닫을지도 모르는 시간이라,

정말 속력 안 나는 스쿠터를 타고, 마음만은 시속 200km로 달렸습니다.

그리고 야식집에 들러, 따뜻한 닭죽도 한 그릇 사들고,

혹시 식을세라 품에 꼬옥 안고 달려와 그녀 앞에 섰습니다.

"따뜻한 죽부터 먹고, 약 드세요. 오늘은 집에 가라고 해도

말 안 들을 테니까 제발 약이라도 드세요. 이건 해줄 수 있죠?"

그런데 난 나름대로 멋지게 한 대사였는데,

그녀가 웃는 거예요. 왜 그런가 나중에 거울에 비친 제 모습을 봤더니,

완전 물에 빠진 생쥐 꼴이더군요. 처참하게도.

하지만 다음날, 덕분에 감기가 다 나았다며 고맙다는 그녀의 전화를 받고,

정말 행복했습니다. 물론 저는 몸살감기로 앓아 누웠지만요.

사랑이란, 그 사람 대신 아프고 싶은 것. 그리고 정말 아파도 좋은 것.
이불 속에서 하루 종일 시름시름 앓아도 자꾸 웃음이 나는 걸 보니,
저 제정신 아닌 거 맞죠?

엉뚱한 고백

4년이 넘도록 동고동락한 오래된 휴대폰.

일부러 떨어뜨려 고장이라도 낼까, 슬쩍 버스에 두고 내려볼까,

갖은 꿍꿍이를 마음먹었다가도, 그동안의 정이 깊어 아무 짓도 못했습니다.

그런데 소심한 주인님의 마음을 알았는지,

이 휴대폰이 알아서 가출을 했지 뭡니까?

아침에 일어나 보니 없기에 일단 출근부터 하고 휴대폰은 나중에 찾기로 했습니다

그리고는 일이 바빠서 또 잊어버리고 있었죠.

그러다 회사로 걸려온 친구 녀석의 전화,

어떤 여자가 내 전화를 받더라며, 빨리 이실직고하라는데

그제야 번뜩 머릿속을 스쳐 지나가는 게 있더군요.

'아하, 편의점!'

"아가씨……, 끅! 제가 술 취해서 이러는 게 아니거든요~.

일단 휴대폰부터 받으시구요, 내일 전화할 테니까

저랑 만나볼 생각 있으면 전화 받아주시구요, 아니면 그냥 버리세요. 끅!"

그러면서 플립 뚜껑이 망가져, 노란 고무줄로 칭칭 감은 휴대폰을

그녀에게 던져주고 온 게 번뜩 떠오르는데, '아차!' 싶더군요.

평소엔 떨려서 가까운 길도 일부러 편의점을 피해 돌아오면서
무슨 정신에 그런 짓을 했는지 술이 원망스럽습니다.

사랑이란, 엉뚱한 고백에 넘어오기도 하는 것.
정신 나간 짓 한 김에 '에라 모르겠다' 하고 전화했는데,
글쎄 그녀가 일단 만나보자고 하지 뭐예요.
고물 휴대폰이 애물단지인 줄 알았더니 요게 또 효자 노릇을 하네요.

사랑보다 무서운 계 정

가을 타는 그녀의 마음을 잡아보기로 했습니다.

외로움에 몸서리치는 그녀의 요즘 상태로 보아선,

소개팅을 시켜준다고 하면 얼씨구나 좋다고 오케이할 것 같아서

슬쩍 얘기를 해봤죠.

"제 친구 중에 괜찮은 녀석이 하나 있는데, 소개팅 한번 안 하실래요?

제가 보기엔 둘이 잘 어울릴 것 같거든요."

그랬더니 그녀, 왜 이제야 소개하는 거냐며, 당장 날짜를 잡자고 하더군요.

그래서 뭐, 뜸 들일 거 있나요? 주말로 약속을 잡아버렸습니다.

그리고 소개팅 당일, 제가 나갔죠.

저 혼자 나온 걸 보며 이리저리 누군가를 찾는 그녀,

그러나 아무도 없었습니다.

처음부터 다 제 작전이었으니까요.

"어떡하죠? 친구 녀석이 갑자기 일이 생겨서 못 오겠다고 연락이 왔지 뭐예요.

웬만해선 그럴 친구가 아닌데.

대신 제가 오늘 확실하게 책임지겠습니다. 말씀만 하세요."

그리고는 그날, 미안하다는 핑계로 하루 종일 그녀가 시키는 대로 다 했습니다.

정말 원 없이~.

그랬더니 헤어질 땐 오히려 그녀가 미안해하며

다음엔 자기가 밥을 사겠다고 하더군요.

'아싸!'

사랑이란,
인간적인 친밀감으로 시작해도 좋은 것.
사랑보다 무서운 게 정이라고 하잖아요.
그녀가 저의 마수에 걸려든 거죠.

사랑이 가벼워진 건 아닌데…

어떤 영화에서 이런 말을 했던가요?

"사랑이 어떻게 변하니……?"

하지만 그보다 더 바보 같은 말은 없더군요.

사랑을 해보니까 알겠습니다.

그녀와 저는 새벽 기차를 마을버스 타듯, 서울과 지방을 오가며 만나왔습니다.

그런데 3년이 지나고 4년쯤 되니까

슬슬 처음과 같은 열정은 사라지고 귀찮은 생각이 생기더군요.

그러다 결국 지난 주말에도, 늑장을 부리다 기차를 놓쳐서

모처럼의 데이트를 망치고 말았습니다.

화가 난 그녀, 며칠째 전화도 안 받고 계속 이렇게만 해보라며

버럭 화를 내는데, 저도 나름대로 억울했습니다.

"아니, 난 그게 아니라……, 기차가 늘 연착되니까

그 시간까지 계산해서 일부러 늦게 나간 건데.

그날따라 제시간에 올 줄 알았나 뭐? 나도 억울하다고……."

그러나 아무리, 어떻게, 무슨 변명을 해도, 그녀에겐 핑계로만 들리는지

지금 며칠째 제 전화도 안 받고 있습니다.

이번엔 어떻게 풀어주죠?

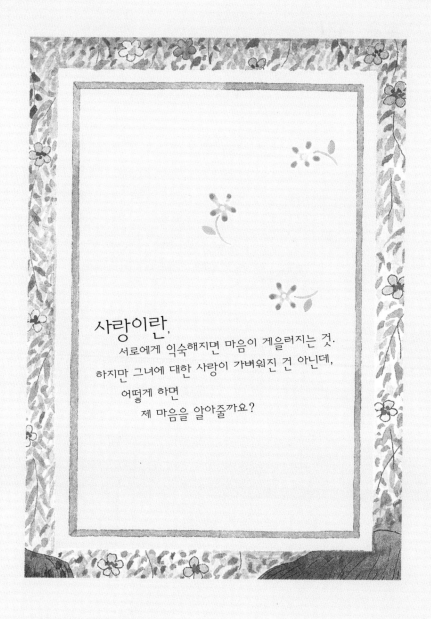

사랑이란,

서로에게 익숙해지면 마음이 게을러지는 것.

하지만 그녀에 대한 사랑이 가벼워진 건 아닌데,

어떻게 하면

제 마음을 알아줄까요?

통금 시간

참 이상합니다.

그녀와 함께 있는 시간은 왜 이리도 눈 깜짝할 사이에 흘러가는지.

만난 지 몇 분 안 된 것 같은데, 그녀가 벌써 집에 가야 할 시간이라며

주섬주섬 가방을 챙기더군요.

'정말 미워 죽~겠어! 내 마음도 모르고.

하여튼 통금 시간은 꼬박꼬박 지킨다니까.'

그렇다고 열 받는 속마음을 드러낼 순 없고, 그냥 따라 나가려는데

그녀, 자기도 가는 시간이 너무 야속하다며

시간 좀 붙잡아달라고 애교를 떨기에 제가 그랬죠.

"시계 약을 확, 빼버려! 시계가 죽어서 늦은 줄 몰랐다고 하면 되잖아.

우리 조금만 더 같이 있을까?"

하지만 그녀는 저를 보며 귀엽다고 웃고는,

그랬다간 부모님께 아예 데이트 금지 명령을 받을지도 모른다고,

제 마음도 자기랑 똑같으면 그걸로 됐다며

혼자만 만족해서 가더군요.

"데이트 금지? 휴, 그건 안 되지! 하루라도 널 못 보면

눈에서 피눈물이 나는데. 알았어. 대신 내가 집까지 바래다줄게."

그리곤 그녀의 손을 꼬옥 잡고 밤길을 산책하듯, 천천히

그녀의 집 앞까지 걸었습니다.

둘만의 사랑을 속삭이며…….

사랑이란,
그녀의 통금 시간을 지켜주는 것.
아쉬운 듯 짧은 데이트가 우리의 사랑을
더욱 돈독하게 해주기도 하거든요.

그녀의 미니홈피

오늘 회사 동료들과 호프집에 갔다가 대학교 동창 녀석을 만났습니다.

조금 있으면 결혼을 한다면서, 옆에 있는 약혼녀를 소개시켜 주는 친구.

그런데 그 약혼녀를 어디서 많이 본 듯해서

친구가 학교 때 만나던 여자인 줄 알고 아는 척했다가

친구 녀석은 난감해하고, 저도 민망하고, 약혼녀 표정은 변하고,

완전 수습 불가였다는 거 아닙니까.

그런데 집에 와서 미니홈피에 들어갔다가 알았습니다.

가끔 그녀의 근황을 살피기 위해 찾아가 보는

그녀의 홈피에 올라와 있던 사진.

회사 동기라며 올려놓은 사진 중에 있던, 한 사람이었던 거죠.

헤어진 그녀에게 혹시 새로운 남자 친구가 생기진 않았나,

나 없이 잘 지내고는 있나, 그 궁금증을 참지 못하고

가끔 그녀의 미니홈피를 찾곤 하는데,

거기서 본 낯익은 얼굴이 바로 친구의 약혼녀였다니.

세상이 참 좁긴 좁더군요.

그런데 순간 머리카락이 쭈뼛! 서는 걸 느꼈습니다.

그럼, 친구 녀석의 결혼식에 가면 그녀도 올 텐데……, 저 가야 하나요?

이왕이면 멋진 모습으로 가서 그녀 없이 잘 살고 있다는 걸 보여줘야겠죠?

'휴~, 벌써부터 떨린다.'

사랑이란,

몰래 그녀의 미니홈피를 들락거리는 것.

단, 새로 생긴 남자 친구 사진이 올라와도 놀라지 않도록

마음의 준비를 단단히 하는 건 필수겠죠?

그녀와의 100일

오늘은 꼭 성공하리라 다짐을 하고

아침부터 가글을 몇 번이나 했는지 모릅니다.

심지어 아침 밥상에 엄마가 마늘장아찌와, 마늘종,

오늘따라 온통 마늘로 만든 밑반찬들만 꺼내 놓은 걸 보고,

첫키스의 거사를 앞두고 이게 웬 장애물인가 싶어서

괜히 엄마한테 짜증 내다가 아침밥도 못 얻어먹었습니다.

어쨌든 오늘은 그녀와 제가 만난 지 100일째 되는 날,

전 한껏 부푼 마음으로, 그녀가 100일째 되는 날 받고 싶다던

장미꽃 백 송이를 들고 약속 장소로 나갔죠.

저 멀리서 손을 흔들며 달려오는 그녀, 꼭 한 마리 나비처럼

어찌나 나풀거리며 다가오던지 가슴이 콩닥콩닥 요동을 치더군요.

그 모습에 왠지 오늘은 무엇을 시도해도

모두 잘 될 거란 예감이 들었습니다.

드디어 저녁도 먹고, 기분 좋게 칵테일도 한잔하고

그녀를 바래다주던 중 마지막 골목길을 돌기 직전,

전 그녀를 벽에 밀치고, 로맨틱한 분위기를 잡았죠.

그런데 그녀, 쑥스러운 듯 고개를 떨구며 미안한 표정을 짓더군요.

"내가 너무 진도가 빨랐나? 미안!"

206

사랑이란,

서로 단계를 맞춰가는 것.
아직 마음의 준비가 안 된 그녀를 위해 조금 더 기다리겠습니다.

밉다가도 안쓰러운 것

잠시 후면 그녀가 씩씩거리며 잔뜩 화가 나서 나타날 겁니다.

약속도 안 지키는 못난 놈, 바로 저 때문이죠.

사실은 어제 그녀의 친구들에게 처음 인사를 하는 날이었거든요.

그런데 눈치 없는 과장님이 갑자기 야근을 시키는 바람에

그만! 그녀 친구들과의 약속을 못 지켰지 뭡니까.

그래서 잠시 후 그녀가 오면, 전 아마도 무릎을 꿇고

손이 발이 되도록 빌어야 할지도 모릅니다.

물론 맞으라면 맞을 각오까지 되어 있죠.

그런데 그녀, 커다란 아이스크림을 들고 나타나더니 화를 내기는커녕

환하게 웃으며 제가 그걸 다 먹으면 용서해 준다는 거예요.

"정말? 이거 다 먹으면 용서해 주는 거야? 나야 좋지,

내가 아이스크림을 얼마나 좋아하는지 알면서……."

하지만 뚜껑을 여는 순간, 내가 잠시

그녀가 호락호락하지 않은 성격이라는 걸 잊고 있었구나 싶었죠.

저는 알레르기 때문에 초콜릿을 못 먹거든요.

그런데 한 통 가득 들어 있는 건 바로 초코 아이스크림이었던 거예요.

저는 지은 죄가 있어 그냥 죽은 듯이 열심히 먹기 시작했습니다.

그런데 그녀, 아이스크림을 뺏더니 또 그러면 다음엔 국물도 없다며,

자기가 다 먹어 치우는 거 있죠?

아마 오늘 밤, 그녀는 밤새 화장실을 들락거릴지도 모릅니다.

대신 전 온몸을 긁느라 잠을 못 잘 테지만요.

 사랑이란, 밉다가도 안쓰러운 것. 오늘 우리가 그랬습니다.

사랑에 관한 101가지 정의

초판 1쇄   2004년 12월 15일
초판 13쇄   2009년 4월 13일
지은이   박현주
펴낸이   김영재
펴낸곳   책만드는집

주소   서울 마포구 합정동 428-49번지 4층 (121-886)
전화   3142-1585·6
팩스   336-8908
전자우편   chaekjip@chol.com
출판등록   1994년 1월 13일 제10-927호
ⓒ 박현주, 2004

ISBN 89-7944-211-4 (03810)